Anna Enquist
Die Eisträger

Anna Enquist

Die Eisträger

Roman

Aus dem Niederländischen
von Hanni Ehlers

Luchterhand

Die Originalausgabe erschien 2002
unter dem Titel *De ijsdragers*
bei Uitgeverij De Arbeiderspers,
Amsterdam/Antwerpen

1 2 3 4 04 03 02

Satz: Filmsatz Schröter, München
Druck und Bindung: GGP Media, Pößneck

ISBN 3-630-87125-9

Ich widme dieses Buch
meiner Tochter
MARGIT,
die mir mit ihrem
literarischen Sachverstand
und ihrer großen
Empfindungsfähigkeit half,
es zu vollenden.

I

Sandboden hatte sie von jeher gehaßt, obwohl viele ihn sehr priesen. Gut für die Haut sollte er sein und heilsam für die Atemwege. Sie verabscheute die nachlässig hingewehten Dünen mit ihrem heimtückischen Helmgras, sie verachtete das Element, das sich so leicht vom Wind zerstreuen, so machtlos den rettenden Regen durch sich hindurchsickern ließ und sich so widerspruchslos zur Verwendung als Schleifmittel oder Zeitmesser hergab. Als Kind hatte sie am Strand zugeschaut, wie der Wind den Sand in breiten Streifen vor sich hertrieb, gut zehn Zentimeter über dem Boden; sie hatte das Stechen der Körner an ihren Waden gefühlt und gelacht. Sinnlose Erregung, kindische Gewalt.

Wir wohnen hier wunderbar, sagte Nico. Manch einer würde uns um dieses große alte Haus am Dünenrand und das stattliche Stück Grund und Boden beneiden. Er nahm nicht wahr, daß auf diesem Boden wenig wachsen wollte, ihm war entgangen, daß sie Wagenladungen schwarzer Erde darüber hatte ausschütten und unzählige Säcke Kuhdung darin hatte verschwinden lassen. Das Resultat war eine bescheidene Rasenfläche mitten im Garten. Ringsherum war der Sand schon wieder emporgekrochen, auf der Suche nach Heide und Kiefern, den dürren Kumpanen der Dünenlandschaft.

Sie liebte Polderland. Lehm, fettes Gras und viel Wasser. Dort dienten Erhebungen zu etwas, verliehen Struktur und hatten Bedeutung. Deiche verwiesen auf Flüsse, und Zäune markierten die Wege. Ansonsten war alles gleichmäßig flach und übersichtlich, das Grasland auf nachvollziehbare Weise von schmalen Gräben durchschnitten und grün bis an den Horizont. Und dann, gegen Abend, ein Schwarm Gänse, der sich auf so einem nahrhaften Fußballfeld niederließ: Die Vögel mähten das Gras mit ihren Sägezahnschnäbeln, steckten zufrieden den Kopf unter einen Flügel und schliefen. Kein nervöser Wellenschlag, sondern ein Meer der Ruhe.

Sie mußte die Einkäufe aus dem Wagen holen und einräumen, bevor Nico nach Hause kam. Die Sonne hing über dem dunklen Nadelwald. Sie zog Schuhe und Socken aus und lief barfuß über ihr künstliches Rasenparadies. An den Rändern begann es auszutrocknen, sah sie.

Den Wagen hatte sie so geparkt, daß noch reichlich Platz für Nicos Saab war. Sein alkoholfreies Bier würde sie in den Kühlschrank stellen, das Lammfleisch, den Salat. Auf den Kieselsteinen der Einfahrt krümmte sie die Fußsohlen. Der Kofferraumdeckel klappte hoch und gab einen Schatz an Pflanzen preis: Tomaten, Zucchini, Kürbis. Sie schleppte sie in die Ecke, die sie zum Gemüsegarten bestimmt hatte, so weit wie möglich von den dunklen Bäumen entfernt. Die Schaufel und einen großen Sack Gartenerde legte sie schon einmal dazu. Vielleicht heute abend – und falls nicht, dann morgen früh, bevor sie zur Schule fuhr. Die vierte, die sie in den ersten beiden Stunden gehabt hätte, war auf Klassenfahrt. Zeit genug.

Langsam und sorgfältig räumte sie den Kühlschrank ein, und dabei hörte sie seinen Wagen die Einfahrt heraufkommen. Sie wusch sich an der Spüle die Hände, zwang ihre Schultern nach unten und ging in die Diele.

Ehe Nico den Schlüssel ins Schloß stecken konnte, öffnete sie ihm die Tür. Er stellte seine schwere Tasche an der Wand ab und küßte sie flüchtig aufs Haar, schon auf dem Weg in die Küche, zur Jeneverflasche.

Ein Gläschen nur, sagte er, danach werde er ungefährliches Bier trinken, um abends noch einen klaren Kopf für die Sitzung zu haben.

Was konnte sie alles sagen: Wie war dein Tag heute, hast du Lust auf Lammkoteletts, worum geht es bei der Sitzung, wann mußt du weg. Schweigend folgte sie ihm in die Küche. Er hatte sein Jackett ausgezogen und es über einen Stuhl gehängt. Er kniff kurz in den Salat, der auf der Arbeitsfläche lag, nahm die Flasche aus dem Kühlschrank und setzte sich breitbeinig an den Tisch.

– Du auch? Er schenkte sein Glas voll und setzte es ächzend an die Lippen. Sie wartete, bis sie ihn schlucken hörte, und atmete aus, ganz so, wie man es macht, wenn man andächtig einem Kind zusieht, das einen Bissen von seinem Essen vertilgt.

– Ja, gib mir auch einen, sagte sie. Als sie sich ihm gegenübersetzte, lächelte er. Mit beiden Händen rieb er sich übers Gesicht.

Er muß zum Friseur, dachte sie, die Haare hängen ihm über den Kragen. Lieb sieht er aus, ein bißchen verlebt; mir gefällt er so besser als kurz geschoren. Der Lack ist ab, er ist müde. Ich werde ihm gleich, bald, später etwas zu essen machen. Sie sah vor sich, wie sie den Salat zerpflücken, die Tomaten und die Zwiebel schneiden würde, zuerst längs und dann quer, zu kleinen Würfeln, wie sie zum Ziegenkäse greifen würde und zu dem leckeren Öl, das sie neulich gekauft hatte. Unterdessen redete er. Worum ging es? Es waren Worte, die über den Küchentisch strömten und zähflüssig auf den Boden tropften. Sie blickte auf ihre nackten Füße unter der Jeans. Socken? Ach ja, auf dem Rasen.

– Haben wollen sie die Einrichtung schon, aber nicht bezahlen. Schüren massiven Widerstand, rufen alle möglichen Penner und Sozialpädagogen auf den Plan und greifen nicht ein. Aufwiegelei!

Er lehnte sich zurück und sah zu, wie sie aufstand, Messer und Schneidebrett hervorholte, sich zum Gemüsefach hinunterbeugte.

– Um acht Uhr im Rathaus, mit Polizei und zuständigem Stadtverordneten. Konfliktbewältigung. Ist ja gut und schön, so ’n Krisenzentrum, aber es kostet uns acht teure Vollzeitkräfte, die Tag und Nacht zwischen leeren Betten hocken und Däumchen drehen, plus Zulagen für Schichtdienste. Hein Bruggink hat es mir vorgerechnet, mit dem Geld könntest du eine halbe Station betreiben. Hübsche Bluse hast du an.

Frühlingszwiebeln, die schmecken gut dazu. Mit der

Schere sorgfältig die Petersilie darüberschnippeln. Oliven, frischer Thymian.

– Das Problem ist die Stadt, sagt Hein. Wir würden es ja gern machen, haben aber nicht die Mittel. Ich muß sie so weit kriegen, daß sie es auflösen. Und für Alternativen sorgen.

Sie stellte Teller und die Schüssel Salat auf den Tisch, polierte mit einem Geschirrtuch das Silber auf, nahm Weingläser aus dem Schrank.

– Die Leute können in die Notaufnahme des normalen Krankenhauses gehen oder auf die Polizeiwache. Höhere Schwelle, geringere Fachkompetenz vor Ort, aber wenn wir das gut absichern, wäre es durchaus zu verantworten. Ich möchte lieber Bier.

Anderes Glas. Flaschenöffner. Einschenken. Das Lamm zischte im Bräter. Im Garten war jetzt Schatten, sie sah ihre Schuhe auf dem dunklen Gras, einer stand noch, der andere lag ein wenig weiter weg auf der Seite.

Sie räumte das Geschirr in die Spülmaschine, und er suchte in seinem Arbeitszimmer im vorderen Teil des Hauses Papiere zusammen. Es war halb acht, die Sonne war verschwunden, und die Luft wurde diesig. Plötzlich stand er hinter ihr und massierte ihre Schultern. Sie drehte sich rasch um, scheuchte ihn mit einem kleinen Scherz davon und sah ihm nach, als er mit schwingender Aktenmappe zum Auto ging.

Sie schlüpfte in die Holzschuhe, die an der Küchentür

standen. Draußen stellte sie die Schaufel auf und trieb sie in den Boden. Tief in den Sand hinein schaufelte sie, eine weite Mulde. Das dicke Plastik des Sackes Erde wollte nicht zerreißen; sie legte ihn flach hin und hackte mit der Schaufel ein Kreuz hinein. Nun konnte sie mit beiden Händen Erde in die Vertiefung werfen; zum Schluß setzte sie eine Kürbispflanze voller Knospen in das fruchtbare Rund. Die nächste. Hastig arbeitete sie im Dämmerlicht weiter. Weil sie sich immer wieder die Haare aus dem Gesicht strich, klebte ihr Erde an Nase und Stirn. Sie schwitzte und atmete keuchend durch den Mund.

Als sie einen Moment innehielt, sich mit einer Hand auf die Schaufel stützte und die andere ins Kreuz stemmte, sah sie eine Frau auf dem Balkon des Nachbarhauses stehen. Sie winkte kurz und beugte sich wieder über die Erde.

Verzieh dich, neugieriges Weib. Pflanzen müssen sofort in den Boden, sonst vertrocknen sie. Oder: Nie am hellichten Tag setzen, das schwächt die Pflanze, nachts ist die beste Zeit. Das erste Wasser muß Tau sein. Oder: Mein Tag ist so ausgefüllt, mein Beruf so aufreibend, meine Arbeit so wichtig, daß ich mich nur abends um meinen Garten kümmern kann. Vielleicht wächst mir ja auch so 'n Schottenrock aus der Taille, wenn ich lange genug hier wohnen bleibe.

Die letzte Tomatenpflanze stand an ihrem Platz. Sie warf ihre Holzschuhe ab und ging zum Gartenschlauch, wischte mit den bloßen Füßen durchs Gras. Um jede Pflanze ließ sie eine Schlammpfütze entstehen, dann spülte sie sich mit dem eiskalten Wasser die Hände ab.

Todmüde stieg sie ins Bett. Sie mußte den Wecker ein wenig früher stellen als sonst, denn sie hatte den Stapel Übersetzungstests nicht mehr durchsehen können. Sie hatte ihre Tasche ausgepackt, sie hatte Bücher und Papiere auf den großen Tisch gelegt, hatte aus dem Regal hinter sich Wörterbuch und Kommentar gezogen und sich wie gewohnt ans Werk gemacht. Doch schon beim Test des dritten Schülers war sie steckengeblieben, hatte sich nicht mehr konzentrieren können und gespürt, wie ihre Augen brannten und die Lider schwer wurden.

Der Schlaf kam rasch. Nur ein einziges Mal noch trieb sie, ehe sie das Bewußtsein verlor, an die Oberfläche, angstvoll, durch irgend etwas aufgeschreckt, sie wußte nicht, was. Als sie sich aber auf die andere Seite drehte, mit dem Gesicht zum Fenster, konnte sie sich fallenlassen.

Sie wurde wach, als Nico sich neben sie legte.

– Es hat geklappt, sagte er leise, das Krisenzentrum wird in sechs Wochen aufgelöst. Die hatten keine Argumente mehr. Ein Sieg auf ganzer Linie.

Sie war sofort hellwach.

– Aber du hast verloren! Du wolltest das Zentrum doch so gern, du fandest es doch gut?

Sie hörte, daß ihre Stimme hoch und quengelig klang.

– Ja, schon, aber sie hätten sich finanziell daran beteiligen müssen. Wir sind ein psychiatrisches Krankenhaus, wir können nicht so ohne weiteres als Suppenküche und Auffangstation herhalten. Es war ein Experiment, das nicht funktioniert hat. Ich bin froh, daß ich das beenden konnte.

Er drehte und wälzte sich, bis er die richtige Lage gefunden hatte, die Hand auf ihrer Hüfte. Sie blickte zu dem grauen Geviert des Fensters, hinter dem sich die strengen Nadelbäume gegen den dunklen Himmel abhoben. Es dauerte lange, zu lange, bis sie etwas sagte. Nico atmete schon tief und regelmäßig.

– Wenn man nicht mehr weiß, wohin, verwirrt ist oder in Panik … Wenn man sich vor Psychiatern fürchtet oder sich nicht in eine Einrichtung traut … Dann ist man doch froh über so ein Krisenzentrum, oder? Da hat man mitten in der Stadt einen Ort, wohin man gehen kann, wenn man sich keinen Rat mehr weiß. Auch nachts.

Nico seufzte. Er strich ihr über den Kopf, bis seine Finger ihre nassen Wangen berührten. Da drehte er sich um und zog die Knie hoch.

Als sie aus dem Schulgebäude trat, war immer noch strahlendes Wetter. Sie fühlte sich energiegeladen, kompetent, zufrieden. Die neuen Pflanzen hatten am Morgen stolz und aufrecht in ihren tiefschwarzen Betten gestanden; die Schüler hatten ihr aufmerksam zugehört, als sie mit freundlichen und dennoch sachlichen Anmerkungen die Übersetzungstests zurückgegeben hatte; das Licht über der Gracht war satt und warm.

Sie wollte sich auf dem Blumenmarkt kurz nach Gartenkräutern umsehen, blieb auf dem großen Platz aber im Schatten der Häuser stehen. Eigentlich hatte sie keine Lust, Tragetaschen und Plastiksäcke herumzuschleppen, lieber setzte sie sich in das halbleere Straßencafé hier und trank in der wohligen Wärme der Nachmittagssonne ein Gläschen Bier.

Sie streckte die Beine aus und richtete den Blick unter halbgeschlossenen Lidern auf die Fassade der gegenüberliegenden Kirche. Vage hörte sie zwei Frauen miteinander reden, es ging um Sommerkleidung, ob man Strümpfe tragen solle oder nicht, eine Verabredung, falls Hein könne. Sie öffnete die Augen und sah eine kräftige Frau davonradeln, eine Sporttasche am Lenker. Die andere, blond, perfekt geschminkt, in hellgelbem Kostüm, stand mit Tennisschläger unter dem Arm vor ihr und lächelte.

Blitzschnell versuchte sie abzurufen, wer das war. Ihr Gefühl sagte ihr, daß sie es wußte. Keine Kollegin von der Schule. Keine Mitarbeiterin von Nico. Jemand Gutsituiertes, Angesehenes, die Frau des Rechtsanwalts, des Hausarztes? Nein: Ineke Tordoir, die Frau von Albert, dem Vorsitzenden von Nicos Aufsichtsrat. Daß ihr Name und Funktion eingefallen waren, ließ sie vor Erleichterung auflachen, was ihr Gegenüber als Willkommensgruß interpretierte.

– Loes! Wie nett. Ich setz mich kurz zu dir. Die Frau ließ den Blick über karierte Bluse, Jeans und Bierglas wandern; sie bestellte sich ein Wasser.

– Du kommst sicher von der Arbeit, hm? Ich bewundere dich ja, daß du das durchhältst mit diesen anstrengenden Kindern, und dann noch so ein schwieriges Fach, Französisch, oder? Aber eine wunderschöne Sprache, wenn man sie beherrscht!

– Alte Sprachen, murmelte sie. Ihr Gegenüber redete unbeirrt weiter, als wäre eine Schallquelle eingeschaltet worden, die sich nicht so ohne weiteres abstellen ließ.

– Für mich wär es unerträglich, den ganzen Tag pubertierende Jugendliche um mich zu haben. Bin ja heilfroh, daß meine Söhne diese Phase hinter sich haben. Studieren jetzt beide in Delft, tun zwar nicht viel, glaube ich, aber fühlen sich wohl. Manchmal denk ich, ich sollte auch wieder arbeiten, aber dann hab ich wieder so viel um die Ohren, daß nichts daraus wird. Albert ist so schrecklich eingespannt, daß vieles an mir hängenbleibt. Allein durchs Gericht ist er natürlich schon mehr als ausgelastet, und so etwas wie das Krankenhaus kommt dann noch dazu! Das Theater um das Krisenzentrum, da greift man natürlich auf ihn zurück; muß er wieder mit dem Versicherungsträger oder dem Betriebsrat oder weiß ich wem konferieren. Nein, mit Arbeitengehen wird's bei mir wohl nichts mehr.

Die blonde Frau klopfte auf den Griff ihres Tennisschlägers und lachte ihr freundlich zu. Gleichmäßig überzog das Make-up die makellose Haut. Zwei Söhne in Delft, dicke, unangenehme Jungen, die bei ihr auf der Schule gewesen waren, aber zum Glück nichts für die klassische Bildung übrig gehabt hatten. Welchen Beruf eine Frau wie sie wohl mal ausgeübt hatte? Sie konnte sich nichts Passendes vorstellen.

– Nico wird jetzt bestimmt auch Tag und Nacht beschäftigt sein, oder? Ist natürlich hart, aber immer noch anders als bei Albert. Der trägt ja praktisch die volle politische Verantwortung. Da fällt so ein Beschluß schon schwer, heutzutage, bei all den Obdachlosen und verwirrten Typen, die auf der Straße rumhängen. Irgendwie ist dauernd was mit diesem Krankenhaus, finde ich, das macht Albert große Sorgen. Und obendrein geht Hein Bruggink in Rente, das auch noch! Feiern, Abschiedsreden und natürlich die Nachfolgefrage. Nein, es dürfte gern etwas weniger sein, wir sind ja keinen Abend mehr gemeinsam zu Hause.

Die letzte Mitteilung registrierte sie mit Erstaunen. Typisch Nico, daß er nichts vom Weggang seines Direktors sagte, solange nicht klar war, was danach kommen würde. Nur keine Überraschungen und vor allem keine Erwartungen wecken, die dann womöglich nicht erfüllt wurden. Ihm graute bestimmt davor, einen neuen Chef zu bekommen oder gar mehrere. Geschäftsleitung hieß das ja neuerdings. Als stellvertretender Chefarzt war er an sich ganz zufrieden, machte Politik auf praktischer Ebene, hatte viel Kontakt mit Kollegen und behandelte auch noch Patienten. Änderungen wären ihm da bestimmt nicht lieb. Die soll bloß nicht merken, daß ich nichts davon wußte. Sie trank ihr Bier und schwieg.

– Trotzdem hat dein Mann natürlich auch einen verantwortungsvollen Job, plapperte Ineke weiter. Ich finde, die Männer belasten einen so damit, immer dieses Gerede, wenn sie nach Hause kommen, über diese Sitzung und jene Beratung. Das raubt einem einfach schrecklich viel Energie, als Frau, finde ich. Oder fällt dir das leicht? Ihr habt ja zum Glück auch keine kleinen Kinder mehr, nicht? War da nicht eine Tochter? Sicher schon aus dem Haus? Macht sie was Nettes?

Einfach wie Tacitus verfahren, so, wie ich es meiner fünften Klasse heute erklärt habe: nur registrieren, ohne Aufhebens und ohne Absicht. Ich sehe, wie sich die rosafarbenen Lippen über die schimmernden Zähne bewegen; zwei Falten, die sich von den Nasenflügeln zu den Mundwinkeln ziehen, runden die Wangen; die nachgezogenen Augenbrauen schieben sich nach oben, wenn die Augen weit aufgerissen werden. Kein Aufhebens und keine Absicht.

Sie nahm ihre Tasche, gab der Frau die Hand und ging davon, quer über den Platz, in gerader Linie.

Die obere Etage war wegen des spitz zulaufenden Reetdachs um einiges kleiner als das Erdgeschoß. Dennoch war ihr Schlafzimmer mit dem Balkon davor riesig, und auch das angrenzende Badezimmer konnte sich sehen lassen. Sie beugte sich über das Waschbecken und betrachtete sich im Spiegel. Hinter sich sah sie durch die geöffnete Tür den Flur, das obere Ende der Treppe mit den breiten, flachen Stufen und die geschlossene Tür des dritten Zimmers.

Richte es dir doch als Arbeitszimmer ein, hatte Nico gesagt. Du brauchst Platz für deine Bücher, du mußt irgendein ruhiges Fleckchen haben, wo du korrigieren und dich vorbereiten kannst. Später, hatte sie geantwortet. Später. Sie klatschte sich kaltes Wasser ins Gesicht. Wieder unten, packte sie im Wohnzimmer ihre Tasche aus, schaute in ihren Terminkalender und ordnete das, was sie zu erledigen hatte, zu verschiedenen kleinen Stapeln. Ovid mit der vierten Klasse, eine kleine Mythologielektion für die erste, eine Zusammenstellung von griechischen Präpositionen für die dritte. Übersicht wollte sie haben, bescheidene, kurzfristige Vorhaben, Aufgaben, die sie ganz in Anspruch nahmen. Sie ging in den Garten hinaus und setzte sich auf den Rand der Terrasse. Die Unverschämtheit so einer Frau, die Indiskretion! Dabei war sie eigentlich nicht unsympathisch, sie meinte es gut. Blöd von Albert, er hätte ihr gegenüber niemals etwas vom Weggang des Direktors erwähnen dürfen, solange es nicht offiziell bekannt war. Er hätte wissen müssen, was für ein Plappermaul seine Frau war, nach so vielen Ehejahren hätte er sich darüber im klaren sein müssen. Kein Aufhebens, schärfte sie sich ein. Was im Krankenhaus vorging, interessierte sie doch gar nicht. Das andere, etwas anderes, was die Frau gesagt hatte – Unruhe, ein nagendes Gefühl im Magen, eine dumpfe, apathische Mattigkeit waren die Folge. Lieber zählte sie die Grashalme zu ihren Füßen, als weiterzudenken. Alle Gedanken machten vor der geschlossenen Tür im Obergeschoß halt, zumal wenn Nico zu Hause war. Für sich allein konnte sie in Momenten wie diesem mit einem gewissen Abstand einen Gedanken formulieren wie: Da ist eine Tochter, die wir nicht kennen. Wir haben seit gut einem halben Jahr nichts von ihr gehört, und wir wissen nicht, wo sie ist. Ihr Zimmer ist leer. An ihrem Geburtstag lag ich den ganzen Tag im Bett, krank vor Kopfschmerzen. Sie wurde neunzehn. Nico fuhr Rad und kam erschöpft und mit einer Schnittwunde am Bein nach Hause. Gestürzt. Rad kaputt.

Sie spürte, wie andere Gedanken den Hauptgedanken beiseite drängten. Was sie heute abend essen sollten, wie viele Wochen es noch bis zu den Osterferien waren, ob sie die Wäsche aufgehängt hatte, was sie mit dem öden Stück Garten bei den Kiefern machen sollte. Daß sie sich einen Gärtner nehmen müßte, der ihr mit diesem hoffnungslosen Boden half.

Während des Gesprächs mit der Frau war sie einen Moment versucht gewesen, alles zu erzählen. Eine Tocher, ja, Maj heißt sie, nach meiner Mutter, die aus Schweden kommt. Ein in sich gekehrtes, verkrampftes Mädchen mit Stirnfalte und ängstlichem Blick. Sie ist kurz vor ihrem Abitur weggelaufen. Mein Mann will nicht über sie sprechen. Wir tun so, als existierte sie nicht, aber sie ist da, die ganze Zeit.

Es heißt ja, daß man Schicksalsschläge besser bewältigen kann, wenn man darüber spricht, aber die Erfahrung machen wir leider nicht.

Das volle, glatte Gesicht der Frau hatte sie abgeschreckt. Und selbst wenn sie wirklich gewollt hätte, wäre sie gar nicht zu Wort gekommen. Vielleicht. Ich muß weg, hatte sie gesagt, als sie die verklebten Lippen auseinanderbekam, mir fällt plötzlich ein, daß ich einen Termin habe.

– Ich habe die Frau von Albert in der Stadt getroffen. Ich wußte zuerst nicht, wer sie war. Sie spielt mit Aleid Bruggink Tennis. Ineke heißt sie, das fiel mir zum Glück noch rechtzeitig ein.

Nico sah von seiner Zeitung auf.

– Hast du mit ihr *gesprochen*?

– Sie ist ja nicht zu bremsen, mir blieb gar nichts anderes übrig. Aber ich brauchte nichts zu sagen, sie führte das große Wort. Sie hat sich in einem Straßencafé zu mir gesetzt.

– Und?

– Sie erzählte, daß Hein Bruggink in Rente geht. Das hat mich schon überrascht, er ist doch gerade erst sechzig, oder?

Nico faltete die Zeitung zusammen.

– Sie wollen nach Frankreich ziehen, in das Haus, wo wir jederzeit willkommen sind, aber nie hinfahren. Damit hat er schon seit längerem geliebäugelt. Ich glaube, im Krankenhaus hat er so ziemlich erreicht, was er sich vorgenommen hatte. Da ist es jetzt ruhig, bis auf das Krisenzentrum. Er wird keine Lust auf eine weitere Verhandlungsrunde über Einsparungen haben. Hein will immer Gewinn machen.

Jetzt müßte ich es sagen, dachte sie. Eine Bemerkung über die beiden dicken Söhne in Delft und wie mich das an Maj erinnert hat. Ob wir nicht ein Detektivbüro einschalten, Anzeigen in die Zeitung setzen, noch einmal alle ihre Freunde abklappern könnten?

– Jetzt guck doch nicht so bedrückt, sagte Nico.

Er zog sie hoch und preßte sie an sich. Sie spürte das Gewicht seiner Arme, den Hauch seines Atems in ihrem Haar. Als wollte er mich trösten, dachte sie, als wüßte er, was ich denke, und wäre bei mir. Überhaupt nichts weiß er, und er tröstet mich auch nicht, aber dennoch empfinde ich es so, weil ich es möchte. Wenn ich das nicht tue, habe ich gar nichts mehr.

Sie radelten in die Stadt, um am Markt essen zu gehen. Wo die Dünen in Grasland übergingen, lag ein violetter Schein über den Feldern. Am Stadtrand spielten Kinder auf der Straße; ein Junge klemmte mit beiden Händen seinen Ball unters Kinn, als sie entlangkamen, in der Bewegung erstarrt, als hielte er für einen Moment die Zeit an, bis sie vorüber waren.

Es war zu kalt, um im Freien zu sitzen, doch der weitläufige Marktplatz schien auch dem Innenraum mehr Luft und Format zu geben. Sie stießen mit kühlem Weißwein an. Nico winkte einem ernsten Mann mit penibel gekämmtem Haar, der den Gruß mit förmlichem Nicken beantwortete.

– Te Velde, von der Verwaltung. Was macht der denn hier, so ganz allein? Vielleicht wartet er auf jemanden.

Auf seine Tochter, dachte sie, als ein dünnes Mädchen mit Geigenkasten auf dem Rücken durch die Drehtür kam und sich suchend umsah. Nico redete vom Krankenhaus, von den Forderungen der Pflegezentrale, den Behinderungen seitens des Ministeriums, der Notwendigkeit, selbst Forschung zu betreiben, von Qualitätskontrolle, Betreuung nach Maß, Rehabilitationsprogrammen.

Sie konnte sich nur schwer auf seine Worte konzentrieren. Was sollte man sich darunter vorstellen? Für sie waren das abstrakte, vage Begriffe. Für ihn war es anders, er ereiferte sich, bekam einen roten Kopf davon.

Früher, als er noch Assistenzarzt gewesen war, hatte er sie mit seinen Psychiatriegeschichten von Menschen mit wunderlichen Verhaltensweisen und bizarren Gedanken zu fesseln verstanden. Damals war es noch wichtig gewesen, daß man verstand, was in einem Patienten vorging. Sie hatte es immer rührend gefunden, daß da eine Gruppe Studenten und Assistenten im Kreis um den Professor saß und über die eigenen Assoziationen herauszufinden versuchte, welche Bedeutung die sorgfältig in den Akten vermerkten Verzweiflungsrufe haben mochten. Nico hatte das gehaßt. Er konnte das nicht. Seine Psychiatrieprüfung war eine Katastrophe gewesen. Der Professor, ein leicht femininer, kunstsinniger Mensch, hatte eine Rose in einer Milchflasche vor Nico auf den Tisch gestellt und sich mit halbgeschlossenen Lidern in seinen Sessel gelehnt.

– Erzählen Sie mir etwas über diese Rose, Herr van der Doelen. Ich höre.

Nico hatte nicht gewußt, was er sagen sollte. Er hatte eine völlige Blockade gehabt, sogar sein Blutkreislauf schien zu stocken, nichts tat sich mehr. Der Professor hatte ironisch geschmunzelt.

– Zahllose Schriftsteller und Dichter haben es Ihnen vorgemacht, Herr van der Doelen. Sie, mit Ihrer Kenntnis der Seele, haben deren Betrachtungen doch gewiß etwas hinzuzufügen.

Stille. Schweißperlen auf seiner Stirn. Lähmung.

– Wenn Ihnen schon zu dieser einfachen Blume mit ihrer

deutlich sichtbaren Ambivalenz von spitzen Dornen und samtigen Blütenblättern nichts einfällt, wenn Ihnen kein Gedanke zu dem verborgenen Herzen und dem durstigen Stiel kommt – wie kann ich Sie da auf meine Patienten loslassen? Ein Psychiatriepatient ist weitaus komplizierter als diese Rose, Herr van der Doelen. Wir sehen uns in drei Monaten wieder. Versuchen Sie unterdessen mal ein wenig nachzudenken.

Gekocht hatte er, vor Wut stotternd, hatte er ihr die Geschichte erzählt, außer sich vor Empörung. Eine Demütigung, hatte sie gedacht. Man hatte ihn lächerlich gemacht, zum Narren gehalten, entwaffnet. Vor dem Wiederholungstermin war der Professor erkrankt. Bei dessen Vertreter, der auf direktive Therapie und strukturierende Techniken spezialisiert war, legte Nico eine glänzende Prüfung ab.

Trotzdem dachte sie manchmal, daß dieser poetische Lehrmeister recht gehabt hatte. Wer geisteskrank war, hatte wahrscheinlich mehr davon, wenn jemand seine Geschichte zu rekonstruieren versuchte, als wenn man ihm schematische Verhaltensregeln auferlegte. Wer verwirrt war, verstand sich selbst nicht; dann war es gut, wenn andere sich bemühten, dieses Verständnis aufzubringen. Wenn sich der Arzt scheute, Neugierde für das Wesen seines Patienten zu entwickeln, wie sollte da der Patient je den Mut aufbringen, in sich selbst hineinzuschauen? Wie verhängnisvoll war es für den Kranken, wenn er eine Seite voller Verhaltensübungen in die Hand gedrückt bekam und damit die implizite Botschaft, daß es den behandelnden Ärzten gleichgültig war, wie es in ihm aussah und warum es ihn hierher verschlagen hatte? Sie fand nach wie vor, daß der Kranke angeschaut werden müsse wie die Rose, mit Verwunderung, mit innerer Beteiligung, mit Verständnis. Aber was wußte sie schon. Das war nicht ihr Fachgebiet. Nico redete von einem Chaos, das es zu begrenzen galt, von klaren Regeln und Vereinbarungen, von Belohnung für Anpassung und Bestrafung bei Zuwiderhandlung. Und von der Gruppe als Korrektiv. Das nebulöse Geforsche nach einer Bedeutung mache keinen, der wirklich krank sei, gesund; einem paranoiden Patienten dürfe man nicht tief in die Augen sehen, denn das verschlimmere den Zustand nur; sonderbaren Äußerungen solle man nicht auf den Grund gehen, sondern müsse sie auslöschen, indem man sie ignoriere.

Sie sah den Mann an, der ihr gegenübersaß. Sein Teller war leer, aber Messer und Gabel hielt er noch im Anschlag, als wären es die Werkzeuge, mit denen er der Wirklichkeit zu Leibe rücken konnte. Sie lachte. Er legte die Gabel hin und faßte ihre Hand.

– Ich habe etwas beschlossen, sagte er.

Sie sah ihn überrascht an, dachte unwillkürlich an eine definitive Suche nach ihrer Tochter, daran, daß nun mit dem gleichen Engagement, das dem Krankenhaus galt, die Lösung ihres eigenen Familienrätsels angegangen werde; doch sie bremste sich sofort wieder. So war er nicht.

– Ich werde Heins Nachfolger. Ich werde Direktor.

2

Als er stellvertretender Chefarzt geworden war, hatte er ein Zimmer im Hauptgebäude bekommen. Das war praktisch, weil ihn dort jeder finden konnte und er sich an dem Ort befand, wo die Entscheidungen gefällt und die Geschicke des Krankenhauses gelenkt wurden, doch er vermißte die Hintergrundgeräusche der Station, die etwas zu lauten und jovialen Stimmen der Pfleger, die schlurfenden Schritte der Patienten auf dem Flur. Daß er daran doch irgendwie hing, merkte er erst jetzt – oder hatte er schlicht Angst, daß ihm sein eigentliches Fachgebiet verlorenging? So erhebend waren die beinahe täglichen Kontroversen zwischen Psychiatern und Pflegepersonal nun wirklich nicht gewesen, zumal er die mühsame Aufgabe gehabt hatte, in einer Abteilung, die laufend neue, ernstlich verwirrte Menschen aufnehmen mußte, ein mehr oder weniger sicheres und angenehmes Klima herzustellen. Kritische Situationen beflügelten ihn. Zu entscheiden, ob ein Patient isoliert oder ruhiggestellt wurde, ob ein Assistent gerügt oder eine Schwester versetzt wurde, fiel ihm nicht schwer; im Gegenteil, er liebte es, blitzschnell das Chaos zu sichten, einen Beschluß zu fassen und diesen resolut in die Tat umzusetzen. Die anschließenden Bemühungen um ein neues Gleichgewicht fand er langweilig und lästig. Das dauerte ihm zu lange, jeder mußte seine Einwände und Bedenken vorbringen, und am Ende wurden die Beschlüsse aufgeweicht oder rückgängig gemacht.

Das Angebot der Beförderung hatte ihn überrascht, und er hatte nicht lange darüber nachgedacht. Ich mach's!

Jetzt traf er die Entscheidungen über Behandlungspläne und Medikationspräferenzen, sagte, wo es langging, wenn andere nicht mehr weiterwußten, und steuerte den Schiffskoloß Krankenhaus in die Richtung, die er selbst gewählt hatte – zwar innerhalb des ökonomischen Rahmens, den Bruggink abgesteckt hatte, aber dennoch.

Er stellte seine Tasche auf dem Schreibtisch ab und ging gleich wieder aus dem Gebäude. Das Freigelände sah aus wie ein sehr ländlicher, verschlafener kleiner Ort. Die Wege waren von hohen Bäumen gesäumt, und die Gebäude lagen versteckt im Grün. Auf dem Hauptweg kam jemand mit Papieren unter dem Arm daher, ein Wägelchen mit Gartengerätschaften tuckerte vorüber, eine Gruppe Patienten trottete dahin. Alle grüßten. Im Hintergrund fuhr ein Zug vorbei. Zwischen Bahngleisen und Krankenhausgelände war ein meterhoher Zaun. Dort, am äußersten Ende des Terrains, stand der Pavillon Dünenrand, zu dem er wollte.

In Gedanken war das für ihn immer noch die »chronische« Abteilung, aber im heutigen Sprachgebrauch vermied man den Aspekt des Endlosen, Hoffnungslosen, und man sagte schlimmstenfalls noch »Wohnpavillon« – und wohnen konnte man schließlich überall, ohne daß es gleich für immer zu sein hatte. Worauf es in der Praxis natürlich sehr wohl hinauslief, denn wer einmal aufgenommen war, kam so gut wie nie mehr von dort weg. Dagegen war die Verweildauer auf den »akuten« Stationen im Laufe der Jahre immer kürzer geworden; dort prägten Tatkraft, Zielgerichtetheit und Stufenpläne die Atmosphäre, und wer da nicht mithielt, wurde zum chronischen Fall. Dadurch verstopfte das Krankenhaus allmählich, und das war ein Problem, dessen er sich annehmen mußte.

Mit seinem eigenen Schlüssel öffnete er die Tür des uralten, verfallenden Gebäudes. Der Geruch von Zigarettentabak und abgestandenem Kaffee schlug ihm entgegen. Aus dem Wohnzimmer erklang Akkordeonmusik. Ein stämmiger Pfleger in kurzärmeligem T-Shirt scheuchte einige Patienten vom Flur in das Zimmer. Nico warf einen Blick in einen Schlafsaal: Lakengeflatter, Berge schmutziger Bettwäsche auf dem Fußboden, ein offenes Fenster mit Blick auf den Zaun; in den beiden hinteren Betten lag noch jemand. Im Wohnzimmer saßen zerknitterte Patienten um den Kaffeetisch. Da wurden Tabak und Asche verstreut und Kekse zerkrümelt. Eine Frau hatte die Arme auf den Tisch gelegt und schlief. Die Luft war abgestanden, es roch säuerlich. Er setzte sich in das kleine Büro und nahm sich einen Stapel Krankenblätter vor. Durch das Innenfenster war das Wohnzimmer gut zu überblicken. Ein junges Mädchen hängte Girlanden auf. Mit starrem Metallmund – sie hatte sich eine Reihe Heftzwecken zwischen die Lippen gesteckt – stieg sie in den Ecken des Raums auf einen Stuhl und pinnte die Schnur mit den bunten Wimpeln an die

Wandleiste. Dabei spannte sie kurz die Gesäßmuskulatur an.

Er hörte den Pfleger im Schlafsaal schreien: Aufstehen, ich sage das jetzt zum dritten- und letztenmal! Wir ziehen Sie da gleich raus, hören Sie, Frau van Overeem hat Geburtstag!

Auf dem Tisch, vor der schlafenden Frau, sah er eine Schachtel mit Cremeschnitten. An der hinteren Wand des Raums lief ein junger Mann hektisch auf und ab und warf immer wieder einen gehetzten Blick auf das Gebäck.

– Du mußt dich auch hersetzen, Johan, sagte der Pfleger, wir wollen feiern, alle müssen an den Tisch kommen.

Er zerrte einen alten Mann mit eingefallenem Mund in seinem Rollstuhl zum Tisch heran. Der Mann hielt einen Zigarrenstummel zwischen den Fingern und bat um Feuer.

– Beim Kaffee, rief der Pfleger. Wenn endlich alle sitzen, hol ich dir Streichhölzer. Johan, komm!

Der junge Mann war mit drei Schritten am Tisch, schnappte sich die Blechteekanne, in der Tulpen standen, und schleuderte sie mit großer Wucht durchs Fenster. Sofort wurde er von dem Mann mit den nackten Armen und einer hinzugeeilten Frau gepackt und auf den Flur hinausgezogen.

– Wieder in Nummer zwei? fragte sie keuchend.

Die Isolierzellen lagen am Ende des Flurs. Nico lauschte, über die Krankenblätter gebeugt, auf das heftige Scharren und Schlurfen, das von schrillen Schreien des jungen Mannes untermalt wurde.

Im Wohnzimmer kehrte das junge Mädchen mit Handfeger und Schaufel die Glasscherben zusammen. Was ist das nur für ein Chaos, dachte er. Im Erker standen kaputte Stühle und tote Pflanzen in ramponierten Töpfen, auf der Fensterbank lagen Stapel von alten Zeitschriften und unordentliche Puzzlekartons.

Die Patienten waren um den Tisch herum sitzen geblieben. Manche wippten mit dem Oberkörper vor und zurück; andere starrten reglos ins Leere.

– Wo bleibt der Kaffee? rief die halb über dem Tisch liegende Frau, ohne den Kopf zu heben. Kaffee, Kaffee, Kaffee!!

Der Mann mit den nackten Armen und seine Kollegin kamen in den Raum zurück. Aus der Isolierzelle war lautes Hämmern zu hören.

Was für ein Saustall, was für eine trostlose Umgebung. Stinkende Schlafsäle, überall Lärm und Krach, zuwenig Raum, und der war dann auch noch mit kaputtem Krempel vollgestellt. Am schlimmsten war jedoch die völlige Apathie der Bewohner. Das hier war ihr Leben, und bis auf den eingesperrten Jungen akzeptierten sie es.

Das junge Mädchen teilte Cremeschnitten auf Papptellern aus. Eine Frau drückte langsam Teigdeckel und -boden zusammen, und die gelbliche Puddingmasse tropfte ihr auf den Schoß. Die Schwester ging zu ihr hin, holte tief Luft und sah plötzlich Nico im Büro sitzen. Da blies sie die Luft wieder aus wie ein schrumpfender Ballon. Mit einem Geschirrtuch tupfte sie die Schmiere auf.

Der Mann mit den nackten Armen erkundigte sich, ob Nico auch Kaffee wolle. Nico lehnte ab.

– Sollte nicht ein Psychiater in der Isolierzelle nach dem Rechten sehen? fragte er.

– Krank, sagte der Mann. Und keine Vertretung. Aber wir kommen schon selbst klar, haben hier genug Erfahrung. Oder wollen Sie nachsehen? Halt ich für keine so gute Idee, er kennt Sie nicht. Und eine Cremeschnitte möchten Sie auch nicht?

Im Wohnzimmer begann das junge Mädchen zu singen. Hoch soll sie leben, hoch soll sie leben … Keiner sang mit.

– Hoch, hoch, hoch, rief sie zum Abschluß leiser. Und errötete tief.

Endlich war Ruhe um den Tisch. Die Patienten wurden gefüttert oder aßen selbständig von dem kleingeschnittenen Kuchen. Die Frau, die geschlafen hatte, hob den Kopf und sah Nico im Büro sitzen.

– Halleluja! Der Doktor van der Doelen ist da! Amen! rief sie in singendem Tonfall. Sie ließ das Gesicht in ihren Kuchen fallen und breitete die Arme über den Tisch aus.

– Was riecht denn hier so komisch, sagte das junge Mädchen, als wenn irgend etwas anbrennt; steht was auf dem Herd, Erik?

Der Mann mit den nackten Armen schüttelte den Kopf und ging der Sache auf den Grund. Jetzt bemerkte Nico es auch: ein beißender Brandgeruch mit synthetischer Beimischung. Wär eigentlich nur gut, wenn der Schweinestall hier abbrennt, dachte er. Erleichterung, Geld von der Versicherung, Neubau.

Kopfschüttelnd kam Erik aus der Küche zurück, mit

geweiteten Nasenflügeln und halbgeschlossenen Augen dem Geruch nachgehend. Er zeigte auf den Rollstuhl, der ein wenig zum Erker hin gedreht war. Ein schmutziggelbes dünnes Rauchwölkchen stieg von ihm auf. Vergebens streckte Erik den Arm zum Tisch aus, wo die Teekanne mit den Blumen gestanden hatte, und stürzte sich dann auf den Rollstuhl. Das junge Mädchen war in die Küche gerannt und kam mit einer Flasche Milch zurück, die es dem Mann im Rollstuhl über den Schoß goß. Dem Gesicht des Mannes war nichts anzusehen. Er saß. Er schaute. Er schwieg. Erik kippte ihn etwas zur Seite und zog ihm eine halbe Zigarre aus der Hosentasche. Vorsichtig zupfte er den verbrannten Stoff vom Oberschenkel und legte eine feuerrote, blasige Wunde frei. Das junge Mädchen strich dem alten Mann, der unerschütterlich ins Leere starrte, tröstend über den Kopf.

Nico erhob sich, legte die Krankenblätter weg und verließ den Pavillon mit großen Schritten.

Aus dem Kirchengebäude in der Mitte des Geländes drangen Gesangsfetzen. Gedankenlos trat er ein. Er war verärgert, ungeduldig, rastlos. Auf den Sandwegen draußen war ihm der Schweiß ausgebrochen, jetzt schlug ihm die Kirchenluft kühl auf die feuchte Haut. Er lehnte sich an die Wand neben der Eingangstür und blickte in den dunklen Raum. Auch hier herrschte eine gewaltige Unordnung: aufeinandergestapelte Kirchenbänke, in eine Ecke geworfene Besen mit Eimern und Scheuerlappen, ein Gestell mit

Trommeln und Triangeln, offenstehende Notenschränke, auf den Boden geknallte Gesangbücher.

Mitten im Saal, unter dem Oberlicht, durch das in staubigen Strahlen die Sonne hereinfiel, stand der Krankenhauschor, kümmerliche zwanzig Leutchen, zur Hälfte Patienten, zur Hälfte Personal. Der Dirigent, ein korpulenter Mann mit Lockenkopf, hielt eine Blockflöte in der Linken und hatte sich eine Trommel um die Mitte geschnallt. Er dirigierte mit weit ausholenden Armbewegungen und hüpfte bei den wuchtigeren Taktabschnitten in die Höhe.

Wie amateurhaft, wie armselig, was für eine deplazierte Fröhlichkeit, dachte Nico. Chorgesang. Daß Pfleger und Schwestern sich für so was hergeben. In der hintersten Reihe entdeckte er sogar eine Psychiaterin, eine ernste Frau mit großen Händen. Opfern ihre Mittagspause, um hier Staub einzuatmen – unglaublich.

Angewidert wollte er wieder hinausgehen, blieb jedoch stehen, als der Chor zu einem neuen Lied ansetzte: Ich sag adieu, wir zwei, wir müssen scheiden …

Der helle Bariton des Dirigenten übertönte die zögerlichen Chorstimmen. Ein Abschiedslied für Bruggink natürlich. Die einfache Melodie mit den immer wiederkehrenden traurigen Wendungen hielt ihn gefangen.

Das klagende kleine Lied, anfänglich von den Vertretern des Personals getragen, dann aber immer sicherer vom ganzen Chor mitgesungen und begleitet vom dumpfen Herzschlag der Trommel, ging ihm durch und durch.

Allesamt sind wir hinter dem Zaun dieses Geländes eingesperrt, dachte er, gefangen im Netz der von uns getroffenen Vereinbarungen über Krankheit und Heilung; der Illusionen, von denen wir abhängig sind, sind wir uns kaum bewußt, wir sind total machtlos, würden aber zusammenbrechen, wenn wir uns das klarmachten – die Betreuer genauso wie die Betreuten. Ihre Stimmen winden sich umeinander, sie singen Worte: Freude und Leid, adieu, scheiden, immer werde ich bei dir sein.

Ihm wurde ganz elend von solchen Gedanken. Er richtete sich auf, schüttelte den Kopf und nahm bewußt den Kontakt seiner Füße mit dem Boden wahr. Ohnmacht ist ein unnützes Gefühl, es lähmt und macht mißmutig. Weg damit, raus hier, auf zur Tat!

Vor dem Eingang traf er auf das junge Mädchen, das eine alte Dame am Arm führte. Er hielt ihnen die Tür auf und roch, als sie an ihm vorbeiging, ein fremdartiges, wildes Parfüm, das ihn überraschte.

– Wie geht es Herrn van Raay? fragte er, als sie schon fast drinnen war.

Sie sah sich um, das blonde Haar glitt ihr von der Schulter, sie hatte graue Augen.

– Er ist ins Krankenhaus eingeliefert worden. Es war viel schlimmer, als wir dachten. Und dabei schien er gar keine Schmerzen zu haben. Ich versteh das nicht.

– Arbeitest du schon lange hier?

– Seit zwei Wochen. Ich bin Aushilfskraft. Studentin. Eva Passchier.

– Nico van der Doelen. Er schüttelte ihre ausgestreckte Hand, die sich kühl und trocken anfühlte.

Idiotisch, so ein halbes Kind in dieser Abteilung herumstolpern zu lassen, wie alt kann sie schon sein?

– Adieu, wir zwei, wir müssen scheiden, adieu, adieu, sang der Chor. Eva nahm die Dame beim Arm und ging hinein.

Der Abschied von Hein Bruggink zog sich über Wochen hin. Es gab einen riesigen Empfang für das Personal, ein Diner mit dem Aufsichtsrat, ein großes Fest für alle Patienten und eine zweitägige Konferenz über Psychiatrie und Architektur für die Psychiater und die Manager. Nico hatte keine Geduld, sich die Vorträge anzuhören, er konnte sich auch selbst denken, daß die Form der Gebäude Einfluß auf die Art der Behandlung hatte. Oder andersherum. Er beschloß, sich nur beim abschließenden festlichen Abendessen blicken zu lassen. Als einziger Psychiater im ganzen Krankenhaus fühlte er sich an diesem Tag wie ein Feldherr und König. Er machte einen Rundgang durch die Abteilungen; es war relativ ruhig überall, und das gab ihm Gelegenheit, über seine Vorhaben nachzudenken. Im Geiste legte er Pavillons zusammen, entließ inkompetente Mitarbeiter und entwarf Behandlungspläne für Patienten, die als nicht therapierbar galten. Neue Schwerpunkte; beherzt herausschneiden, was faul war, Entscheidungen treffen und nicht zurückblicken. Seine Phantasien entzückten ihn, und als er am Nachmittag Eva auf einer Bank unter einem Baum sitzen sah, blieb er vor ihr stehen, um ihr zu erzählen, was ihn beschäftigte.

– Die Menschen, die du betreust, haben seit zwanzig, dreißig Jahren keinerlei Verantwortung mehr für ihr eigenes Leben gehabt. Ihr bestimmt ihren Tagesablauf, ihr überlegt euch, was sie essen und wann und wo. Sie brauchen überhaupt nichts mehr zu tun, sie brauchen nicht einmal mehr etwas zu wollen!

Die Turnschuhe an ihren baumelnden Beinen wetzten zwei Rinnen in den Sand. Die Sonne beschien ihren vorgebeugten Nacken.

– Das stimmt, sagte sie und schaute zu ihm auf. Heute morgen habe ich Herrn van Raay gefragt, ob er im Erker oder am Tisch sitzen wolle. Er wußte es nicht. Da sagte Erik: am Tisch.

– Entscheidungen! rief Nico. Sich für das eine oder das andere zu entscheiden heißt, Verantwortung übernehmen, das eigene Leben gestalten, jemand sein!

Sie hatte perfekte Fesseln. Der in den Schuh getauchte Spann war nackt und braungebrannt.

Er ging weiter. Die therapeutische Gemeinschaft, TG, wie das hier hieß, würde er auflösen, das war ein längst überholtes Ding aus den siebziger Jahren, ein wahnsinnig teures Projekt, bei dem verhältnismäßig gut eingegliederte Patienten unter Leitung hochqualifizierter Therapeuten monatelang in ihrer Seele herumschürften. Die frei werdenden Mittel würde er auf die hoffnungslosesten seiner Schützlinge verwenden. Sobald Hein weg war.

Das Hotel, in dem die Konferenz stattfand, stand am Meer. Die Sonne strahlte ihm rot in die Augen, als er auf den Parkplatz einbog. Er fühlte sich müde und blieb noch kurz sitzen, die Hände im Schoß. Auf einmal war es unvorstellbar, daß er sich fröhlich unter seine Kollegen mischen, sich die wer weiß wievielte Abschiedsrede für Bruggink anhören und das Imponiergehabe der Manager mit ansehen würde. Eine Zentnerlast hing an seinen Füßen, als er ausstieg. Aus einem Impuls heraus rannte er die Treppe zum Strand hinunter. Im Sand zog er Schuhe und Socken aus. Er krempelte die Hosenbeine hoch und joggte am Meer entlang. Anfangs störten ihn Brieftasche und Autoschlüssel in den Taschen seines Jacketts, doch schon bald hatte er das aus seinen Gedanken verbannt. Seine nackten Füße platschten auf den nassen Sand, und er war ganz davon in Anspruch genommen, Quallen und angespültem Glas auszuweichen. Er zwang sich ein Tempo auf, das an der Grenze seines Durchhaltevermögens lag, und überließ sich dem selbstbestimmten Rhythmus.

Abwarten. Mit Albert reden. Seinen Plan bei einer Aufsichtsratssitzung präsentieren. An der Schmalseite des Tisches Platz nehmen. Darlegen, daß so eine modische Geschäftleitung aus drei oder womöglich gar zwei Leuten nichts für ihn sei. Er wollte der alleinige Verantwortliche sein und mußte daher auch alleiniger Direktor werden. Das war außerdem billiger. Mit einem guten Team unter sich natürlich. Dampf machen. Die Organisation mitreißen. Ein Abenteuer für Angestellte und Patienten. Die Führung übernehmen. Konzentration.

Am Wasserrand tänzelte ein Hund. Ein Kind warf immer wieder ein Stück Holz in die Brandung, und das Tier stürzte ihm nach, tauchte, bellte, schüttelte sich, erschrak vor den heranrollenden Wellen, suchte aber weiter, bis es seine Beute an den Strand bringen konnte. Das Kind kniete sich hin und breitete die Arme aus.

Ein Mädchen, sah er, etwa zehn Jahre alt. Es drückte den nassen Hund an sich, stand auf und schwang das Holz über dem Kopf. Der Hund erhob sich bellend auf die Hinterläufe.

Er spürte einen Stich in der Seite und trat im gleichen Moment in ein scharfkantiges Muschelgehäuse. Fluchend blieb er stehen und nahm zum erstenmal wahr, daß der Sand kalt und das Meer naß war. Er drehte sich um und sah in der Ferne das Hotel. Die Fenster waren schon erleuchtet. Ruhigen Schrittes ging er darauf zu. Mit Mühe bekam er die Socken über die nassen Füße. Sand war in den Hosenbeinen, klebte ihm im Haar und stach in den Augen. Er schwang sich die Treppe hinauf, war sich seiner feuchten Hosenaufschläge bewußt. Der Portier sah ihm hinterher, als er über den Marmorboden ins Foyer ging.

Aus dem großen Saal drang das konstante Brummen von Unterhaltungen. Nico blieb am Eingang stehen und ließ den Blick über seine Kollegen wandern, die in aufgekratzten Grüppchen beisammenstanden und tranken, scherzten und lachten. Da und dort, strategisch verteilt, sah er Mitglieder des Aufsichtsrats, und im entferntesten Winkel, am großen Fenster mit Blick aufs Meer, saß Hein Bruggink mit Zigarre.

Ein Regent war er, ein Kaufmann alten Stils, ein höherer Händler. Unter seiner Leitung hatte sich das Krankenhaus wirtschaftlich saniert; er hatte seine ganze Energie auf die Entwicklung von Dienstleistungen und Produkten verwendet, die er weiterverkaufen konnte – was meistens von Erfolg gekrönt gewesen war. In seiner Klinikküche wurden Mahlzeiten zubereitet, die im weiten Umkreis Abnehmer fanden, seine Wäscherei bediente die halbe Stadt, und sein psychiatrischer Sachverstand wurde gern auch von den Pflegeheimen in der Region eingekauft.

Damit würde Schluß sein, dachte Nico mit unvermittelter Deutlichkeit. Wir müssen wieder zu einem Krankenhaus werden. Unter meiner Leitung. Handel raus, Behandlung rein.

Er betrat den Saal, schüttelte Hände, nahm einen Schnaps an, plauderte mit diesem und jenem. Er sah sich selbst, wie er sich durch den Raum schob. Mit großer Klarheit beobachtete er seinen Gang von Gruppe zu Gruppe. Er fand sich freundlich, er gönnte Hein seinen letzten triumphalen Abend, er wußte, wie er sein eigenes Vorhaben durchsetzen würde.

Seltsamerweise hatte sich Hein mit seiner autoritären, wenig einfühlsamen Haltung beim Personal durch die Bank beliebt gemacht. Die Leute sahen Bruggink wie einen strengen Vater, der außer Haus fleißig für das Familieneinkommen arbeitete. Sein Weggang stimmte sie traurig und beunruhigte sie auch ein wenig. Während des Essens wurde zwischen den Gängen die Besetzung des Haupttisches ausgewechselt; jedesmal nahm wieder ein anderes Grüppchen bei Bruggink Platz. Nico hielt sich abseits und schaute zu. Die Psychiater sangen ein Lied, die Manager hielten Reden, am Ende sprach Hein selbst: jovial, freundlich, beherrscht. Früher hatte er zum Abschluß der Arbeitskonferenzen immer denselben Witz erzählt. Sie baten ihn darum, jedes Jahr wieder, und erzählten neuen Kollegen, daß etwas Besonderes kommen würde. Nico hatte sich geärgert, wenn Hein von Tisch zu Tisch ging, um überall seinen umständlichen und reichlich abgedroschenen Witz zum besten zu geben. Kinder waren sie, die stets wieder mit derselben kleinen Geschichte, deren Ausgang sie längst kannten, eingelullt werden mußten. Und wie Hein sich das gefallen ließ, ja sogar damit prahlte, es genoß! Widerlich.

Auch jetzt wurde wieder geraunt: Der Witz! Zum letztenmal der Witz!

Er ging zur Toilette. Dort traf er Bruggink, der verschmitzt am Waschbecken stand und Papiertaschentücher zerzupfte. Nico hob fragend die Augenbrauen.

– Man muß ihnen im kleinen nachgeben und im großen seine eigenen Wege gehen, sagte Hein. Er klopfte auf seine Jackettaschen und verschwand.

Als Nico in den Saal zurückkehrte, sah er alle im großen Kreis um Brugginks Tisch stehen; es herrschte gespannte Stille, in der plötzlich Heins tiefe Stimme ertönte. Die um ihn Stehenden schienen gerührt, bewegt; Nico sah, daß sich einige Frauen über die Augen wischten, und einer der Männer ballte die Hände an den Seiten zu Fäusten.

Nico blieb in großem Abstand stehen und schaute zu. Er

konnte nichts verstehen, sah aber, daß sich Heins Mund bewegte und sein Publikum von Zeit zu Zeit lachte und dann wieder andächtig lauschte. Es dauerte eine Ewigkeit. Bruggink hüstelte gekünstelt hinter vorgehaltener Hand. Die Zuhörer stießen sich an, die in den hinteren Reihen stellten sich auf die Zehenspitzen. Mit einer letzten Zukkung spie Bruggink eine Wolke kleiner weißer Schnipsel aus, die wie Schnee auf das Tischtuch herabrieselten.

Man brüllte vor Lachen. Manchen liefen die Tränen herunter. Bruggink erhob sich und ging an Nico vorbei aus dem Saal.

– Du kanntest ihn sicher schon, was? Merk ihn dir gut, nächstes Jahr bist du dran.

Niemals, dachte er. Auch das wird sich ändern. Ich will erwachsene, vernünftige Mitarbeiter und keine Kinder, denen man etwas vorlügen oder die man mit kleinen Geschichten einwickeln muß. Jeder soll wissen, woran er ist, auch ich. Einen kurzen Moment sah er ein schmales Bett vor sich, spürte die Bettkante, die ihm in die Oberschenkel schnitt, während er den Kinderleib in die Bettdecke einmummelte, hörte sich beruhigende Worte sagen, alles ist gut, schlaf jetzt schön, morgen ist alles wieder genauso wie heute, und so wird es immer weitergehen.

Brüsk drehte er sich zur Bar und bestellte einen Whisky.

3

Der Samstag und der Sonntag waren die schwersten Tage. Weil das sichere Netz des Stundenplans fehlte, mußte sie sich zwingen, die Stunden von sich aus mit Beschäftigungen auszufüllen, die sie völlig in Anspruch nahmen. Wie gut wäre es doch, wenn sie etwas für Sport übrig hätte! Fitneß, Gymnastik, Tennis spielen mit so jemandem wie Aleid Bruggink mit ihren kompakten Schenkeln und der eckigen Frisur, lange und immer längere Radtouren machen wie Nico; an Bauchmuskeln denken, an die Haltung von Rücken und Schultern, den Winkel zwischen Ober- und Unterschenkel. Aber damit hatte sie nichts im Sinn, das hatte sie schon immer gehaßt, und sie glaubte nicht, daß sich das noch ändern ließe. Laufen, ja, das war das einzige, was sie gern tat, aber dabei fing man unweigerlich an zu denken, und das war ja nun gerade nicht der Zweck der Übung.

Der Garten. Es wurde Frühling. Sie mußte den Kampf mit dem salzigen Sandboden aufnehmen. Der Gemüsegarten sollte zu ihrer Arena werden, der Sand zu ihrem Feind, die Schaufel zu ihrem Schwert.

Nico hatte sich weggeschlichen, als sie noch geschlafen hatte. Meistens radelte er samstags noch einmal kurz ins

Krankenhaus, in Jeans und Windjacke. Wie halten wir das nur aus? dachte sie, auf der Bettkante sitzend. Sie beugte sich vornüber, so daß der Kopf zwischen den Knien hing. Jeden Tag aufs neue versuchen, nur ja nicht nachzudenken. Den stummen Chor im Hinterkopf, der lauthals »Hilfe« sang, der ununterbrochen »Wär ich doch nur tot« skandierte, mit aller Macht ausblenden. Die freien Stunden des Tages nach Kräften minimieren, durch Arbeit, die Beantwortung von Briefen, die Pflege von Einrichtungsgegenständen, das Stutzen der Sträucher. Und das alles schweigend, jeder für sich, allein. Er strampelte die Stunden auf seinem Rennrad ab, sie grub sie im Garten unter.

Auf dem Rasen lag noch Tau. Hinten am Zaun, an dem der Radweg in die Dünen entlangführte, dörrte schon die Sonne die armseligen Pflanzen und Sträucher aus, hing kaum sichtbarer Dampf über den Blättern. Die Anlage des Gemüsegartens war ein Vorhaben, das ihr wochenlang Sicherheit verschaffen würde.

Langsam ging sie zum Geräteschuppen, um Handschuhe, Schaufel und Spaten zu holen. Dann machte sie sich daran, alle halbtoten Pflanzen auszugraben und neben dem Schuppen auf einen Haufen zu werfen, einen Scheiterhaufen. Mit der Schaufel hieb sie in die Erde rund um die betreffende Pflanze, kniete sich hin und zerrte so lange an dem Gewächs, bis sie es mitsamt Wurzel herausgerissen hatte. Die Haare, die ihr immer wieder ins Gesicht fielen, band sie mit einem Taschentuch nach hinten. Ihre Rückenmuskeln waren bis zum äußersten gespannt und schmerzten. Durchhalten, nur deshalb machte sie es doch, für den Moment gab es nichts außer diesem Kampf.

– Mühsam, was, auf dem Sand was zum Wachsen zu bringen!

Sie schaute auf; sie hatte ihn nicht kommen hören, doch ihr Kurzzeitgedächtnis sagte ihr, daß die Muschelschalen des Radwegs geknirscht hatten. Ein Junge saß auf seinem Fahrrad da, eine Hand am Zaun, um sich festzuhalten, und einen Fuß am Boden. Auf dem Gepäckträger transportierte er einen großen Sack Gartenerde, und am Lenker hingen Tragetaschen mit dem Logo des Gartencenters.

– Wessel ten Cate. Ich war bei Ihnen auf der Schule. Aber nur ganz kurz. Von daher kenne ich Sie.

Um die zwanzig, dachte sie, kantiges Gesicht, ausweichender Blick. Ob einer wie der verlegen ist? Aber warum spricht er mich dann an? Ich kann mich nicht entsinnen, ihn je gesehen zu haben, aber das will nichts heißen, Schüler können sich leichter an ihre Lehrer erinnern als andersherum. Sie richtete sich auf. Gemeinsam blickten sie über das Schlachtfeld. Sie erzählte, was ihr vorschwebte: Porree, Salat, Ackerbohnen, Stachelbeersträucher, ein Erdbeerbeet.

– Ich könnte Ihnen helfen, wenn Sie wollen, sagte er. Aber nur am Wochenende. Das wird 'ne ziemliche Graberei.

Ich wollte doch so gern einen Gärtner, dachte sie. Na also, die meisten Probleme lösen sich ganz von allein. Ich wünsche mir einen jungen Mann, der für mich gräbt, und da ist er. Sie schmunzelte. Und plötzlich öffnete sich sein Gesicht, und er lächelte. Er lehnte sein Fahrrad gegen den

Zaun und sprang zu ihr herüber, landete mit beiden Füßen in dem aufgeworfenen Sand. Er streckte ihr die Hand hin, sie nannte ihren Namen.

– Sind Sie die Mutter von Maj?

Sie nickte, drehte sich um und ging ihm voran zum Schuppen, während sie über die Schulter auf ihn einredete. Daß er einen Overall anziehen solle, der hänge dort hinten, an einem Nagel; wo die Eimer seien, der Anschluß für den Gartenschlauch, die Baumschere, die Pflanzstöcke, Schnur, Kuhdung, Grassaat, Blumentöpfe; er wolle doch sicher auch etwas trinken, Graben mache durstig, und bei dem Wetter, die Sonne brenne in dem Teil des Gartens schon ziemlich heiß …

– Sollten wir nicht erst mal einen Grundriß zeichnen? fragte er. Damit ich weiß, daß ich es so mache, wie Sie es haben möchten.

– Ja natürlich, sagte sie und hielt abrupt inne. Gute Idee. Wir zeichnen alles genau auf.

Einen Schreibblock vor sich, saß er auf der Terrasse an ihrem Gartentisch. Als sie den Kaffee hinstellte, hatte er schon eine Skizze gemacht.

– Man muß bei jeder Pflanze wissen, wie tief sie wurzelt und welchen Boden sie braucht. In Sand wächst nicht viel, da muß man alles künstlich anlegen.

– Wessel, sagte sie. Wessel war es doch, nicht? Kennst du Maj gut, hast du sie in letzter Zeit noch gesehen? Ich frage dich das, weil wir schon seit einer Weile keinen Kontakt mehr zu ihr haben und uns Sorgen machen. Weißt du, wo sie ist?

Er schraffierte mit seinem Bleistift das Stück Garten, in dem die Kiefern standen, und antwortete, ohne sie anzusehen.

– In der Schule war ich manchmal mit ihr zusammen. Sie hatte schon was Spezielles. Auch später haben wir uns noch gesehen, in der Stadt oder so. Aber wann zuletzt? Das weiß ich nicht, ich hab nicht so 'n gutes Zeitgedächtnis.

– Wärst du so nett, mir Bescheid zu sagen, wenn du sie wieder mal triffst?

Der Junge nickte; er markierte den Zaun rund um den Garten mit einem dicken Strich und begann die Einfahrt farbig auszumalen.

Später blickte sie auf seinen über die Schaufel gekrümmten Rücken. Er hatte den Overall am Nagel hängen lassen und statt dessen sein T-Shirt ausgezogen. Sein Schweiß glänzte in der Sonne.

Er hatte gefragt, wohin der Sand solle, den er schubkarrenweise abtrug. Den kannst du ins Haus kippen, hatte sie sagen wollen. Da war ein Bild in ihr aufgeblitzt, alle Räume bis obenhin voll hellgelber Sandkörner, erstickt durch die unermeßlichen Berge von Sand aus ihrem Garten, unter deren gewaltigem Druck sich die Fenster und Wände bogen, so daß kein Platz mehr blieb, für sie nicht, für Nico nicht, für nichts von früher und nichts von heute. Ein innerliches Begraben, eine Sandbetäubung, ein staubiges Sterben.

– Wie wär's mit dem Kiefernwald? Kipp es ruhig da hin, da wächst sowieso nichts.

Als er sich verabschiedete, war hinten zwischen den Kiefern ein Sandwall aufgeworfen, und der Gemüsegarten glich einem offenen Grab.

– Bis nächste Woche! sagte der Junge. Er sprang auf sein Rad und fuhr davon.

Geld, dachte sie, ich hätte ihm Geld geben müssen. Nächstes Mal sofort anschneiden. Immer peinlich, Geld.

Sie fühlte sich erleichtert, buchstäblich leichter geworden. Es gab jemanden, der ihr half. Nicht nur etliche Kilo Sand waren fortgeschafft, verflogen war auch die graue Aussichtslosigkeit, mit der sie am Morgen aufgestanden war. Wessel, dachte sie, ich habe Wessel.

Sie suchte Texte für den Übersetzungstest der Abiturklasse aus, hatte einen Elternabend und konferierte mit Kollegen über die schwachen Schüler. Eine arbeitsreiche Woche, in der sie Nico kaum sah. Am Freitag nachmittag saß sie auf der Terrasse und blickte auf ihren aufgerissenen Garten. Der Dunst von Geheimnissen schien aus den Löchern aufzusteigen; sie hatte niemandem von ihrem wundersamen Gärtner erzählt, auch Nico nicht.

Sie ging kurz hinein, um ihr Glas noch einmal aufzufüllen. Als sie wieder in den Garten trat, sah sie jemanden auf einem Rennrad näher kommen, einen jungen Mann in Radlerhose und mit Schirmkappe, die er falsch herum aufgesetzt hatte. Ihr Herzschlag beschleunigte sich – Wessel? Mit Nachrichten von Maj? Der Radler bog in die Einfahrt ein. Es war Nico. Er hob die Hand, sie sah den komischen, an den Fingern abgeschnittenen Handschuh, er lachte, sie bemühte sich, die Enttäuschung von ihrem Gesicht zu wischen.

Der glänzende Stoff der Hose betonte die Wölbung seines Geschlechts. Die Haare auf seinen nackten Schenkeln waren gesträubt. Er trug ein orangefarbenes Hemd mit Taschen auf dem Rücken. Es saß zu eng.

Einen kurzen Moment war sie verwirrt; sie nahm Zuflucht zu den alltäglichen Gewohnheiten und schenkte ihm einen Schnaps ein. Du phantasierst von einem Jungen, er kommt, eilt auf dich zu, und es ist ein Mann mit Falten im Gesicht und Einbuchtungen im Haaransatz. Die Kappe lag auf dem Tisch.

– Ich fühl mich so gut, es ist unheimlich viel zu tun, aber ich strotze vor Energie. Jetzt, da Hein weg ist, läuft alles glatt, ganz ohne Widerstände und Reibereien. Es macht mir wieder Spaß, es ist, als wär ich wieder fünfundzwanzig. Nein, ich möchte nichts essen, gib mir nur ein Glas Wasser.

Sie sah, daß er den Bauch einzog. Er blickte auf das Schlachtfeld im Garten, schien es aber gar nicht richtig wahrzunehmen.

Später, er war inzwischen unter der Dusche gewesen und hatte wieder normale Kleidung an, saßen sie am Küchentisch.

– Heutzutage ist nur noch von Betreuung und Pflege die Rede, Intensivbetreuung zu Hause, aufsuchende Betreuung, Betreuung nach Maß. Wir haben Pflegemanager und eine Pflegezentrale. Das würde ich gern ändern, ich finde das nicht gut. Die Leute sollen nicht gehegt und gepflegt werden, sondern selbst an ihrer Heilung arbeiten, in klaren Schritten, mit erreichbaren Zielen und Eigenverantwortung. Dieser verschleiernde Sprachgebrauch ist gefährlich. Betreuung! Alles Quatsch!

– Aber wenn sie das nicht können oder nicht mehr wollen? Es gibt doch Menschen, die nicht selbständig leben können! Soll man die verrecken lassen?

Es war, als hörte er sie gar nicht. Vielleicht hatte sie ja auch nichts gesagt. Hatte ein Mensch das Recht, überhaupt nichts mehr zu wollen? Oder war man dann trotzdem noch zu etwas verpflichtet, sich auf die Schienen zu legen oder von einem Hochhaus zu springen? Sie stellte sich einen Zustand totaler Gleichgültigkeit vor, die Unfähigkeit, nach vorn zu blicken, sich zu rühren, irgendeinen Wunsch zu hegen. Ihre Füße würden auf dem glatten Fußboden ausgleiten, ihr Rücken würde nachgeben, langsam würde sie auf dem Boden zerfließen, während sie mit nur noch beiläufigem Atem die Sehnsüchte endgültig fortblasen würde. Unwillkürlich setzte sie sich auf und preßte die Knie gegeneinander. Zuhören. Was sagt er. Auf seinem Teller lagen noch Kartoffeln und Steak, das Weinglas stand unangerührt da, und er redete und redete.

– Ich habe dem versammelten Pflegepersonal heute erläutert, welche Politik ich zu verfolgen gedenke. Eine veränderte Geisteshaltung verlange ich von ihnen. Sie sollen nicht mehr vorschreiben und verbieten, sondern mit dem Patienten gemeinsam überlegen, wie es weitergehen soll. *Daß* es weitergehen soll. Die Patienten auf ihren Beitrag, ihre Aufgabe dabei ansprechen. Sie Entscheidungen treffen lassen, sie lehren, nach vorn zu blicken, ihnen Verantwortung übertragen. Das hat zwar für ein wenig Aufregung gesorgt, aber die Atmosphäre ist gut.

Sie hatte längst zu Ende gegessen und wartete darauf, über den Garten und den Gärtner sprechen zu können, doch bevor sie zu Wort kam, hatte er sich schon erhoben, um sich noch kurz an seinen Computer zu setzen.

– Ich habe einen Gärtner gefunden, sagte sie zu seinem Rücken.

Die Küchentür schlug zu.

Am nächsten Tag nieselte es. Er stand mit einemmal vor der Tür, in gelber Regenjacke. Ihre Freude überraschte sie. Was war denn so Reizvolles daran, an einem naßkalten Nachmittag im dreckigen Garten zu schuften? Warum war es schön, sich mit einem völlig unbekannten Jungen auszutauschen? Sie öffnete die Tür.

– Hattest du denn bei diesem Wetter überhaupt Lust?

Er streifte seine Kapuze ab und sagte, das sei das ideale Gartenwetter, man komme nicht ins Schwitzen, sehe alles im richtigen Licht und wirbele keinen Staub auf. Er sagte es mit einem schiefen, zaghaften Lächeln.

Sie arbeiteten den ganzen Nachmittag, in Gummistiefeln. Sie spürte den Regen auf ihren kalten Wangen und wärmte sich an der Besessenheit, mit der sie dem Garten allen Widrigkeiten zum Trotz ihren Willen aufzwang. Nicht nachlassen, nicht aufgeben, nicht weichen.

Sie saßen einander gegenüber in der Küche, das Licht

war an, weil es draußen so grau war. Er hatte Erde im Gesicht, Sand im Haar, Schlamm an den Händen. Sollte sie ihm das Badezimmer anbieten, oder ging das zu weit? Geld, sie mußte ihm Geld geben. Waren hundert Gulden zuwenig?

– Ich möchte dir gern Geld geben. Er erschrak und stellte abrupt seinen Teebecher hin.

– Für Maj?

Was meinte er? Er hatte sie mißverstanden. Oder? Sollte er? Sie spürte, daß sie bleich wurde, und umklammerte die Tischkante. Acht weiße Knöchel in einer Reihe. Pathetisch.

– Willst du damit sagen, daß du sie gesehen hast?

Es kam noch ganz sachlich heraus. Ihr war, als sähe sie sich selbst dasitzen, von oben, mit dem Jungen. Zwei einander zugewandte dunkle Runde über dem hellen Holz der Tischplatte. Dazwischen die Lampe.

– Ich darf nichts sagen, antwortete er zögernd. Sie will das nicht. Blöd, ich weiß nicht, wie ich mich da verhalten soll. Aber sie braucht Geld. Ich könnte es ihr geben, ohne zu sagen, woher es kommt.

Wo hatte er sie getroffen, wie sah sie aus, was hatte sie an, mit wem war sie zusammen gewesen, was machte sie, was hatte sie über sie und Nico gesagt, wie hörte sie sich an, wie ging sie, wie ...? Sie senkte den Kopf und fragte nichts.

– Ich meinte eigentlich, daß ich dir etwas für die Gartenarbeit bezahlen möchte. Das hatte ich vorige Woche vergessen.

– Ach, das macht nichts, sagte er mit Erleichterung in der Stimme.

Sie erhob sich und suchte nach ihrer Handtasche. Da, beim Telefon. Wie schaffe ich es bloß, in so einem Beutel voller Krimskrams je etwas zu finden? Portemonnaie. Ja. Sie nahm zwei Hundertguldenscheine heraus und gab sie ihm.

– Für jetzt und das letzte Mal. In Ordnung?

Er nickte, faltete die Scheine zusammen und stopfte sie in seine Gesäßtasche. Er hatte sich ebenfalls erhoben und griff nun nach der schmutzigen Regenjacke. Komisch, daß so ein junger Kerl so groß war. Sie mußte den Kopf heben, um ihn anzusehen.

– Jetzt muß ich aber gehen, sagte er. Tut mir sehr leid, das mit Maj. Ich möchte nicht hinter ihrem Rücken etwas tun, was sie nicht will, aber ich möchte Sie auch nicht anlügen. Ich hoffe, Sie verstehen, daß ich nichts sagen kann, ihr nicht und Ihnen nicht. Anders geht es nicht.

Seine Hand lag auf der Türklinke. Er sah an ihr vorbei.

– Nenn mich doch einfach Loes. Es kommt mir komisch vor, wenn du mich immer siezt. Meine Schüler duzen mich auch, das bin ich gewöhnt.

Er nickte. Sie war nicht ganz gescheit. Was wollte sie von dem Jungen? Es schien von größter Wichtigkeit zu sein, daß er blieb oder auf alle Fälle wiederkommen würde, einen Termin mit ihr vereinbaren, sie nicht im Stich lassen würde. Daß er sie anlächelte. Sie war verrückt.

– Setz dich doch noch mal kurz, ich muß etwas holen.

Widerstrebend machte er einen Schritt in Richtung

Tisch. Sie sauste schon ins Wohnzimmer und kramte in einer Schrankschublade, während sie über ihre Schulter aufgekratzt zur Küche hin redete. Daß sie an Mangold gedacht habe, daß sie so froh sei, weil sich im Garten jetzt endlich etwas tat, daß es noch Monate gedauert hätte, wenn er nicht gekommen wäre. Alles Unfug, sinnloses Geplapper. Sie raffte alles Geld zusammen, das sie im Haus hatte, und steckte es in einen Umschlag. Ein Glück, daß sie gestern bei der Bank gewesen war. Zweitausend Gulden.

– Hier, sagte sie und hielt ihm den Umschlag hin. Gib ihr das. Bitte.

Zögernd nahm er das Geld an und steckte es in eine Innentasche seiner Jacke.

– Sie dürfen, ich meine, du darfst dich nicht so verrückt machen. Das renkt sich schon wieder ein, ganz bestimmt.

Er legte kurz die Hand auf ihren Oberarm, sie spürte seine kräftigen Finger auf ihren zitternden Muskeln, und es verwirrte sie. Jetzt muß er gehen, dachte sie, sonst fang ich an zu weinen.

Er machte die Tür auf; schwere, feuchte Luft drang in die Küche.

– Ich ruf bei der Gartenbaufirma an und bestell die Erde.

Sie nickte und hob die Hand, als er durch den dunklen Garten davonging.

4

Der Betriebsrat tagte in dem alten Unterrichtsraum hinter dem Hauptgebäude. Nico begab sich in lockerem Lauftempo dorthin, die Haare noch naß vom Duschen. Gleich nach seinem Amtsantritt als Direktor hatte er in dem kleinen Raum neben seinem Arbeitszimmer, den Bruggink als Aktenkammer benutzt hatte, ein Badezimmer anlegen lassen, so daß er in Radlerkluft mit dem Rennrad zur Arbeit fahren und sich in Schweiß strampeln konnte, aber dennoch frisch zur morgendlichen Übergabe erschien. In dem kleinen Flur zwischen Bad und Arbeitszimmer war Platz für einen Kleiderschrank, den er entschlossen mit Oberhemden, Unterhosen, Socken, einem Pullover, Hosen und Jacketts gefüllt hatte. Ein Koffer voll war es gewesen, es hatte ausgesehen, als ziehe er um und sei darüber außerordentlich zufrieden. Daß er die Räume seinen Vorstellungen entsprechend nutzen konnte, gab ihm ein angenehmes Gefühl von Macht. Bruggink wäre es nie eingefallen, sich im Büro umzuziehen und zu duschen, aber Nico hatte von Anfang an darauf hingewiesen, daß er, wenn sie ihn zum Direktor wollten, einen Raum haben müsse, wo er sich frisch machen konnte. Am liebsten wäre es ihm noch gewesen, wenn er seine Sekretärin dazu hätte bringen können, ihm die Wäsche zu waschen und die Oberhemden zu bügeln.

Ohne anzuklopfen, trabte er in den Sitzungsraum. Jaap Molkenboer, der Vorsitzende, stand an der Schultafel und schrieb mit Kreide die Tagesordnungspunkte an. Krisenzentrum, sah Nico mit einem Blick, zwangsläufig geänderte Funktionen, Reorganisation mit Fragezeichen, Mitspracherecht mit Ausrufezeichen. Seufzend ließ er sich am Kopf des Tisches auf einen Stuhl fallen. Zwei Stunden würde es dauern. *Zwei Stunden.* Er legte seine Unterlagen vor sich auf den Tisch. Ohne daß er sich umzusehen brauchte, wußte er, wer wo saß, denn man hielt eine feste Sitzordnung ein. Er spürte den Unmut und den Widerspruchsgeist wie eine dunkle Wolke über dem Tisch hängen. Er brachte Erneuerungen, und sie waren dagegen.

Kurz nach seinem Amtsantritt als Direktor hatte er sich einen ganzen Nachmittag Zeit genommen, um seine Vorhaben zu erläutern. Er war mit seiner Begeisterung an ihren kleinkariert-knickrigen Bemerkungen abgeprallt. Mit sturen Gesichtern hatten sie ihm zugehört; das Krisenzentrum werde ich nicht wieder aufrüsten, hatte er gesagt, und sie hatten alle gleichzeitig etwas auf ihren Blöcken notiert. Die therapeutische Gemeinschaft werde ich über kurz oder lang auflösen. Kritzel, kritzel. Station zwei wird renoviert und erweitert. Dort wird ein neues Rehabilitationszentrum eingerichtet. Gesenkte Köpfe. Den Vertrag über die Essenslieferung an umliegende Einrichtungen werde ich aufkündigen. Neue Seite. Unsere Klinik bekommt eine neue Philosophie, wir verlagern unsere Zielsetzungen von

Unterbringung und Auffangen auf Umerziehung und Förderung der Selbständigkeit; von den Mitarbeitern erwarte ich, daß sie in diesem Sinne mitdenken, Initiativen entwickeln und bereit sind, sich fortzubilden. Auf organisatorischer Ebene strebe ich die Zusammenarbeit mit Projekten des beschützten Arbeitslebens und des betreuten Wohnens an sowie in einer späteren Phase mit Wohnungsbaugenossenschaften in der Stadt.

– Das ist eine Reorganisation, hatte Molkenboer gesagt, dafür benötigst du unser Einverständnis. Du kannst nicht so mir nichts, dir nichts das ganze Krankenhaus umkrempeln, das hat Konsequenzen für die Belegschaft, und deren Interessen haben wir zu berücksichtigen. Nein, so geht das nicht. Ich will das Ganze auf alle Fälle erst mal schwarz auf weiß haben, damit wir darüber beraten können.

Was für ein Quertreiber er doch ist, hatte Nico gedacht. Molkenboer erwacht erst so richtig zum Leben, wenn er einem Steine in den Weg legen, nein sagen, irgend etwas verhindern kann. Er hatte zugesagt, schnellstmöglich ein entsprechendes Papier vorzulegen und die nächste Mitarbeiterversammlung ganz den geplanten Veränderungen zu widmen.

Der Vorsitzende hatte ihn mit einem säuerlichen Lächeln angesehen. Auch das gehe nicht so ohne weiteres, erst einmal müsse alles im Betriebsrat besprochen, kommentiert und auf die möglichen Konsequenzen für das Personal hin durchleuchtet werden. Das ganze Procedere werde mindestens sechs Wochen in Anspruch nehmen, sie hätten schon mehr als genug zu tun, bestünden aber darauf, daß der vorgeschriebene Ablauf eingehalten werde. Es befremde ihn, daß Nico überhaupt an organisatorische Schritte habe denken können, ehe sein Reformplan den Betriebsrat passiert habe.

Nico hatte sich beherrscht. Das Papier hatte er am Wochenende nach der Sitzung schnell und unter großer Anspannung in den Computer gehämmert. Jetzt lag es auf dem Tisch.

Nach zwei Stunden lag es immer noch dort. Sie waren nicht weitergekommen. Nico hatte zum x-tenmal seine Sicht der Dinge dargestellt, die Hintergründe beleuchtet, seine Hoffnung auf Mithilfe geäußert, doch noch während er sprach, merkte er, wie sich Ungeduld in seine Stimme schlich. Bevor es zum offenen Streit kam, beendete er die Sitzung. Geräuschvoll marschierte er hinaus, von Jaap Molkenboer auf dem Fuße gefolgt.

– Du überstürzt alles so, Nico – was ist denn bloß los mit dir?

– Du weißt genau, was los ist, entgegnete Nico gemessen. Ich habe es klar und deutlich erklärt, in Begriffen, die auch für Leute mit einem IQ von neunzig zu begreifen gewesen sein dürften. Mit Beispielen. Willst du auch noch Dias?

– Ich frage dich das einfach als Kollege. Warum bist du auf einmal so fanatisch gegen die Psychotherapie? Was hast du davon, die TG aufzulösen? Warum willst du mit Patienten nur noch verhandeln?

Nico blieb stehen.

– Weil man sie nur so wirklich ernst nimmt. Verhandeln heißt behandeln. Das führt zu einem Ergebnis. Das bedeutet Fortschritt. So werden Menschen gesund. Das Herumgestochere in einer schwierigen Kindheit macht sie nur fertig. Statt dessen müssen sie wachsen, von einer Verhandlungsposition zur nächsten. Da weiß jeder, woran er ist. Es ist schrecklich autoritär, Patienten Entscheidungen abzunehmen. Wir werden sie lehren, diese Entscheidungen selbst zu treffen.

Molkenboer machte ein skeptisches Gesicht. Er zauderte, verlagerte den Schwerpunkt seiner fleischigen Beine in der Kordhose und trat einen Schritt zurück.

– Klingt gut, aber trotzdem stimmt da etwas nicht. Du vergeudest einen kostbaren Teil der Psychiatrie, und ich verstehe nicht, wieso. Jedenfalls handelst du viel zu überhastet, das erzeugt nur Widerstand. Wenn du so weitermachst, fassen wir womöglich einen Beschluß, der dir nicht gefallen wird.

Nico spürte, wie die Wut in ihm aufwallte, und riß sich mit aller Macht zusammen, um nicht loszubrüllen.

– Denk noch mal darüber nach, sagte er kurz.

Auf dem Parkplatz stand der Leiter der Personalabteilung neben einem schmucken Neuwagen und plauderte mit dem Autohändler. Sie verstummten, als Nico näher kam.

– Für Sie, sagte der Autohändler. Nico zog die Augenbrauen hoch.

– Ich brauche keinen neuen, ich bin vollauf zufrieden mit dem, den ich habe.

– Das hier ist einer aus der Reihe für Direktoren, sagte der Mann von der Personalabteilung. Bruggink hatte auch so einen, das hier ist das neue Modell. Das steht dir zu.

– Ich will ihn nicht, sagte Nico ungeduldig. Schade ums Geld. Bloßes Statusdenken, Konvention, Protzerei. Gebt das Geld lieber für was anderes aus.

– Der gleitet dahin wie ein Schiff, das müssen Sie mal ausprobieren, ermunterte ihn der Autohändler. Und mit allem Drum und Dran. ABS, ASR, EBV, Bordcomputer, Leit- und Informationssystem, einfach alles!

Über die Schulter des Mannes hinweg sah er Eva. Sie hatte ein zu einem Bündel gefaltetes Taschentuch in der Hand, in dem sie irgend etwas trug. Er verabschiedete sich und lief hinter ihr her.

– Hallo. Er paßte sich ihrem Schritt an und blickte fragend auf das Taschentuch.

– Morcheln, sagte sie, schau mal. Sie öffnete das Taschentuch und zeigte ihm ein Häuflein bräunlicher Pilze mit porösen Stielen. Intensiver Waldgeruch stieg davon auf.

– Man muß sie trocknen, dann verflüchtigen sich die Schadstoffe, und sie sind lange haltbar. Sie faltete das Taschentuch wieder zusammen.

– Da hinten stehen jede Menge davon, da bei den Kiefern. Ich mußte einfach ein paar mitnehmen. Sie drehte sich um und zeigte auf die Baumreihe beim Ausgang. Noch immer standen dort die beiden Männer neben dem blitzenden Wagen.

– Kommst du mit, fragte Nico unvermittelt, machen wir eine Probefahrt?

Sie gingen zurück und zogen die schweren Wagentüren auf.

– Ich hab's mir anders überlegt, ich möchte ihn doch mal kurz ausprobieren, sagte er.

Eva legte die Pilze zu ihren Füßen nieder. Sofort roch es im Wagen nach Wald. Nico ließ sich in den weichen Ledersitz sinken. Der Motor schnurrte. Sachte ließ er die Kupplung kommen. Die Kieselsteine knirschten, die Bäume glitten seitlich vorüber, nach einigen lockeren Bewegungen des Lenkrads lag das Krankenhaus hinter ihnen, und sie schwebten über die Straße dahin. Eva stellte das Radio an, ein Streichquartett von Schubert mit einer klagenden, hinreißenden Geige. Sie drückte ein paar Tasten unter dem kleinen Bildschirm neben dem Lenkrad. Rosige, ovale Nägel. Auf dem Bildschirm erschien die Straße, auf der sie fuhren. Wie ein Stern wanderte der Wagen über den himmelblauen Hintergrund.

– Ich habe Antwerpen eingestellt, sagte sie. Da möchte ich so gerne mal hin. Hundertzweiundachtzig Kilometer.

Ich nehme ihn, dachte er. Ein Wagen mit Möglichkeiten; ich sollte mich nicht so zieren, ich sollte das mausgraue Leder, die Musik, diesen Motor genießen. Er ließ den Wagen kurz aufröhren und wendete bei der nächsten Gelegenheit. Mit heruntergelassenen Scheiben rauschte er durch das Tor aufs Gelände zurück.

Am Tag seiner Verabredung mit Albert regnete es. Eine informelle Beurteilung, hatte Albert am Telefon gesagt. Der Aufsichtsrat wolle in so einer Übergangssituation Tuchfühlung mit dem neuen Direktor halten, ihm mit Rat und Tat zur Seite stehen und daher einen offenen Dialog mit ihm führen. Laß uns einfach zusammen essen gehen, hatte Albert vorgeschlagen, hinter dem Bahnhof, grausiges Ding, aber die Küche ist ausgezeichnet, und man sitzt dort ruhig, keine Musikbeschallung.

Das Restaurant lag auf einem Pier und war zu drei Seiten von Wasser umgeben, wie ein Schiff, das nur vorübergehend angelegt hatte und jederzeit wieder abfahren konnte.

Er fand einen Parkplatz für seinen neuen Wagen und stieg einigermaßen widerwillig aus der duftenden Wärme in den Regen hinaus. Einen Mantel hatte er nicht mitgenommen; fröstelnd hastete er am Wasser entlang und auf den Pier hinauf. Von der anderen Seite her näherte sich Albert mit erhobenem Regenschirm. Sie schüttelten sich auf dem Holzsteg die Hand. Regen schlug in das schwarze Wasser; Wellen klatschten gegen die Pfähle; durch die Fenster des Restaurants fiel gelbliches Licht nach draußen.

Albert ließ ihn vorangehen, über hohe Schwellen, durch knarrende, schmale Türen. Ein Ober wies ihnen einen Platz in einem Erker zu. Jenseits des breiten Wasserstreifens blinkten die Lichter von Amsterdam-Noord.

– Freut mich zu hören, daß du den Wagen genommen hast. Du brauchst ein standesgemäßes Fahrzeug, das erwartet man von dir, und das ist auch richtig so. Fährt er sich gut?

– Prima, sagte Nico, macht wirklich Freude. Obwohl ich meistens mit dem Rad fahre. Ein Stückchen Niemandsland zwischen Arbeit und Zuhause, man kann eine Weile nachdenken, man ist eine Weile allein.

Albert sah ihn prüfend an.

– Du hast abgenommen. Arbeitest du zu hart? Laß uns dieses Gespräch vertraulich und informell halten, einverstanden? Ich möchte einfach nur einen Eindruck gewinnen, wie alles läuft, ob du zufrieden bist, wie du die anstehenden Veränderungen siehst, ob du in der Zusammenarbeit eventuell mit diesem oder jenem Probleme hast. Rein persönlich, ich möchte das einfach gerne wissen. Die offizielle Beurteilung kommt schon noch irgendwann, in einer normalen Sitzung. Ich fühl mich ja irgendwie so, als müßte ich den Kopf hinhalten, weil ich dich angeheuert habe, und da bin ich natürlich gern über alles auf dem laufenden. Ein Gläschen vorweg?

Während Albert sprach, spürte Nico, wie sich die Verkrampfung in seinen Schultern löste. Albert hatte eine vertrauenerweckende Frisur: kurzgeschnitten, scharfer Scheitel, ein paar vorwitzige hochstehende Härchen am Hinterkopf. Tadelloser dreiteiliger Anzug, Krawatte mit knallgelben Tüpfelchen, jungenhafte Stimme. Sie tranken. Nico ließ sich von den Worten seines Gegenübers einlullen: daß sie einander schon so lange kannten, daß er ein engagierter und hart arbeitender Psychiater sei, daß es bestimmt nicht leicht für ihn gewesen sei, unter Hein

Bruggink zu arbeiten und sich marktwirtschaftlichen Zwängen zu unterwerfen. Albert äußerte Bewunderung dafür, wie er innerhalb dieses kommerziellen Rahmens dennoch versucht habe, die eigentlichen Krankenhausziele zu verfolgen.

Wir werden diesem Jungen eine Chance geben, habe er zu den Aufsichtsratsmitgliedern gesagt, als Bruggink seinen Rückzug angekündigt habe. Der Aufsichtsrat gebe ja keine bestimmte Politik vor und äußere sich auch nicht zu dem Kurs, den das Krankenhaus einschlagen solle, das sei das Privileg der Geschäftsführung; der Aufsichtsrat habe sich lediglich zu vergewissern, *daß* eine Politik verfolgt und diese zufriedenstellend ausgestaltet werde. Er habe Brugginks Vorgehensweise ja durchaus skeptisch gesehen, ein Krankenhaus sei doch kein Krämerladen, aber von der wirtschaftlichen Seite her seien es gute Jahre gewesen, und auch intern habe Ruhe geherrscht. Bis auf den Aufruhr um das Krisenzentrum natürlich. Er persönlich befürworte – ganz unter uns – eine rein inhaltsbezogene Politik, und am heutigen Abend, in diesem gemütlichen Erker, erlaube er sich eine Meinung. Schluß mit der Verwischung der Branchengrenzen, zurück zur spezifischen Betreuung und Behandlung. Darum habe er voll und ganz hinter Nico gestanden.

– Ich unterstütze dich, Junge, du kannst auf mich zählen. Dein Vorgehensplan war einleuchtend. Was mich ein bißchen beunruhigt, ist das Tempo, mit dem du es organisatorisch durchpeitschst. Die Leute müssen sich doch völlig umstellen; sie waren Verkäufer, und jetzt sollen sie wieder Betreuer werden. Und dann willst du Abteilungen schließen, Besetzungen umstoßen, Aufgabenbereiche verändern – alles durchaus logisch und berechtigt, aber die Leute sehen das nicht immer sofort. Die fühlen sich ausrangiert.

Die Pastete wurde serviert. Albert hatte einen sehr guten Rotwein ausgewählt. In den Fenstern sah Nico die Widerspiegelung ruheloser kleiner Wellen. Er blickte in das ernste Gesicht ihm gegenüber.

– Tja, Geduld ist nicht meine stärkste Seite. Wenn ich einmal vor Augen habe, wo es hingehen soll, will ich es auch sofort realisieren, alles andere ist unnötiger Ballast, schade um die Zeit. Ich weiß, daß die Leute ihre Probleme damit haben. Man müßte sie zu Schulungen schicken. Die Psychiater auf Studienreise nach Amerika, zu irgendeinem spektakulären Projekt mit lebensmüden Schizophrenen. Und dann interne Konferenzen, sie Artikel schreiben, Vorträge halten, Stufenpläne erstellen lassen. Ich weiß, ich weiß, aber ich überspringe das lieber. Dumm von mir. Den Betriebsrat hab ich schon gegen mich.

– Ja. Molkenboer rief mich an, völlig außer sich. Der stellt sich nur noch quer und bremst, wo er kann. Da müssen wir uns was einfallen lassen, auf diese Leute bist du dringend angewiesen.

Nico seufzte und dachte an die feisten Kordschenkel Molkenboers. Darum kam er wohl nicht herum.

– Ich werde langsamer treten. Einen Schulungsplan entwerfen. »Eine lernende Organisation«, na, wie gefällt dir das? Aber die TG muß dran glauben, damit will ich nicht mehr warten. Die Therapeuten werden als erste umgeschult.

– Was hast du denn nur gegen sie? Sie tun doch keinem was!

Das Hauptgericht war gekommen. Sie schnitten mit spitzen, scharfen Messern in dunkles Fleisch. Eine zweite Flasche Wein. Über das Wasser fuhr ein Schiff, hinter dessen hell erleuchteten Fenstern man Leute stehen sah, die tranken.

– Ach, von mir aus sollen sie machen, was sie wollen, aber bitte nicht auf meinem Gelände und auf meine Kosten. Wir sind für die echten psychiatrischen Krankheiten da, für die ernsten Fälle. Sie behandeln Probleme. Das soll dann auch in einem Probleminstitut geschehen, nicht in einem Krankenhaus. Außerdem kostet es Unsummen, und sie sind nie voll ausgelastet. Eine Schwachstelle ist das, sowohl inhaltlich wie ökonomisch. Ich halte nichts von solchem Wischiwaschi. Ich möchte, daß Pläne aufgestellt, ausgeführt und anschließend auf ihren Erfolg hin überprüft werden. So ein Denken ist ihnen völlig fremd.

Albert kaute nachdenklich.

– Tja, wenn der Belegungsgrad so dürftig ist, solltest du das wohl wirklich kritisch unter die Lupe nehmen. Da wird's Krach geben. Und das ist dann natürlich ein gefundenes Fressen für den Betriebsrat. Aber deiner Meinung nach bringt das Einsparungen?

– Ganz gewiß. Das Geld werde ich dann in die neue Rehabilitationsabteilung investieren. Eine gute Anlage.

Sie erwogen Neubauten, Architekten und Bauunternehmen, bis es Zeit für den Nachtisch war, den sie beide gegen Kaffee und Cognac eintauschten.

– Ineke erzählte, sie habe Loes gesprochen, sagte Albert unvermittelt. Sie war ein bißchen still, fand sie. Wie steht sie denn zu deiner Beförderung?

– Ich weiß es nicht. Findet sie schon gut, glaub ich. Sie mischt sich, was das Krankenhaus betrifft, nie ein.

– Viel zu tun in ihrem Beruf, hm?

– Ja. Das Übliche. Und sie macht viel im Garten.

– Nimm's mir nicht übel, wenn ich das sage, aber in einer so anspruchsvollen Funktion wie der deinen ist es meiner Meinung nach schon wichtig, daß man von zu Hause auch die nötige Unterstützung bekommt. Daß da jemand ist, der mitdenkt, der merkt, wenn du dich zu überarbeiten drohst, jemand, mit dem du mal was Entspannendes machen kannst. Na ja, jede Ehe ist natürlich anders, aber Ineke hat mir in der Hinsicht immer viel geholfen. Sie *besteht* zum Beispiel darauf, daß ich mir genügend Urlaub nehme. Das solltest du auch tun! Wann seid ihr zum letztenmal verreist gewesen?

Nico zog die Schultern hoch. Er sah das Haus in den Dünen vor sich, mit der düsteren Baumreihe, der Einfahrt, dem aufgerissenen Garten. Er stellte sich Loes in der Küche vor, über den Grundriß ihres Gemüsegartens gebeugt, das Gesicht hinter den dunklen Haaren verborgen.

– Immer war irgendwas. Und wir sind an ihre Schulferien gebunden. Loes ist nicht so reiselustig. Eigentlich sind wir beide Arbeitstiere.

Jetzt soll er aber aufhören, dachte Nico. Taugt eure Ehe

denn was, geht ihr überhaupt noch mal zusammen aus, führt ihr noch regelmäßig gute Gespräche? Was geht ihn das an? Am Ende fragt er noch, was unsere Tochter macht – nein, Unsinn, davon weiß er nichts. Er konnte sich nicht vorstellen, daß Loes Ineke gegenüber irgend etwas hatte durchblicken lassen. Daß sie beide schwiegen, daß der Name nicht genannt, keine Erinnerung heraufbeschworen, keine Anspielung gemacht wurde, war ihre innigste Übereinkunft. Da kam keiner dazwischen. Das Unsagbare war zum Kern ihrer Verbindung geworden. Dachte er. Er richtete sich auf. Bis zu einem gewissen Punkt war es ganz angenehm, so am Tisch zu hängen, zu trinken und zu reden, aber irgendwann kam immer der Moment, da die Unsicherheit und die Machtlosigkeit zuschlugen. Dem mußte man zuvorkommen; nie durfte man die Wachsamkeit abflauen lassen, man mußte jederzeit aufstehen können, um etwas zu unternehmen.

Er verabschiedete sich von Albert, der ihm grübelnd hinterhersah.

Lieber marktwirtschaftliche Zwänge als dieser Terror des Wohlwollens, dachte er, als er zu seinem Wagen trottete. Er hatte zuviel getrunken und ärgerte sich, daß seine Beine so schwer waren. Irgendwie war auch etwas mit seinem Kopf, da verhakten sich Bilder und Sätze aus dem Gespräch; Steckenpferde seien wichtig, hatte Albert gesagt – er ging mit seinen Söhnen segeln und bastelte selbst an einem Oldtimer herum. Das Bild von einem schlanken Segelboot mit drei kräftigen Männern an Bord ließ sich einfach nicht vertreiben. Er schauderte bei dem Gedanken, Albert könnte ihn einladen, am Wochenende gemeinsam den Automotor auseinanderzunehmen oder was man sonst mit so was machte. Was war er doch nur für ein Idiot, daß er keinen Wert auf die Freundschaft eines so sympathischen Menschen legte. Was wollte er denn?

Gegenwehr. Alert sein, parat, konzentriert. Einen stillen Machtkampf. Daß der Verlierer ihm die Füße leckte, verursachte ihm leichte Übelkeit. Wer verlor, mußte wütend bleiben, sonst gab es nirgendwo mehr Widerstand. Und Widerstand hielt ihn aufrecht.

Die Fähre stieß gegen den Kai, und ein Strom dunkler Radfahrer ergoß sich über den nassen Asphalt. Es regnete nicht mehr.

Er ließ den Motor warmlaufen und rekelte sich in dem warmen Wind, den das Gebläse ins Wageninnere pustete. Langsam manövrierte er sein Fahrzeug vom Parkplatz. Er fädelte sich in die Schlange ein, die sich im Schrittempo hinter dem Bahnhof entlangschob. Unter dem Schild der Wut verspürte er eine Verlassenheit, die ihm gar nicht behagte; Alberts Freundlichkeit hatte bewirkt, daß er sich verloren und um seinen Halt beraubt fühlte. Der andere hatte ihm vor Augen geführt, daß er etwas vermissen ließ, etwas nicht begriff, nicht nachempfinden konnte. Er war unfähig, die Rose zu erschauen. Er konnte es nicht.

Warum fuhren denn alle hier so langsam? Der Fahrer des Wagens vor ihm hatte das Gesicht dem Straßenrand zugewandt und suchte offenbar die Rückfront des Bahnhofs ab. Nico folgte seinem Blick. Frauen. Huren. Allein, in kleinen Gruppen, an die Wand gelehnt, auf dem Bordstein balancierend. Der Wagen vor ihm hielt an, eine Frau mit langen Beinen in hohen, glänzenden Stiefeln beugte das verlebte Gesicht zur Seitenscheibe hinunter. Nico fuhr vorbei. Langsam.

Am Ende des Gebäudes, wo die Straßenbeleuchtung spärlicher war, standen zwei Gestalten. Ein jugendliches Pärchen, sah er, als er näher kam. Der Junge lehnte mit dem Rücken an der blinden Wand und rauchte. Das Mädchen stand ihm mit verschränkten Armen gegenüber. Irgend etwas an der Haltung des Mädchens – seine schmächtigen, leicht nach vorn gezogenen Schultern, die Stellung der gespreizten Füße – ließ ihn den Atem anhalten. Ohne daß er bewußt auf die Bremse getreten hatte, kam der Wagen zum Stehen. Er schaute.

Sie trug einen grauen Mantel, den er nicht kannte, mit Kapuze über dem Kopf. Flache Schuhe – diese geraden Waden!

Er faßte keinen Entschluß, verfolgte keinen Gedanken, aber sein rechter Arm hatte das Fenster geöffnet. Der Junge sah ihm direkt ins Gesicht und sagte etwas zu dem Mädchen, wobei er mit dem Daumen zeigte. Sie drehte sich um. Nico hörte, wie ihre Schuhe über das Pflaster scharrten.

Das Gesicht. Die etwas zu eng stehenden, schmalen grauen Augen. Die Stirnfalte. Der zwischen Angst und Mißbilligung schwankende Ausdruck. Ja. Ja! Er hing quer über dem Beifahrersitz und sah mit schiefgelegtem Kopf zu ihr auf. Ihr Mund war dunkelrot geschminkt, das Haar kurz geschnitten und rot gefärbt. Sie gab keinerlei Zeichen des Erkennens, zog nur die Augenbrauen hoch.

– Er will 'ne Nummer, sagte der Junge. Kannste was verdienen.

Sie blickte über die Schulter und grinste. Als sie sich wieder Nico zuwandte, sprühte Wut aus ihren Augen.

– Hau ab, du Schwein.

Sie sieht mich nicht, dachte er. Sie ist es nicht, ich habe mich getäuscht. Es ist dunkel im Wagen, sie kann mich nicht erkennen. Er fummelte an dem Lämpchen über dem Rückspiegel, hatte plötzlich die Plastikabdeckung in der Hand, langte zur Tür, um sie zu öffnen und auf diese Weise Licht zu machen, er zitterte vor Anspannung.

– Warte, sagte er, warte, ich komme!

– Abzischen sollst du, Alter, rief der Junge, bist du taub oder was?

Das Mädchen beugte den Kopf, umrahmt von dem ungewohnten Haar, zum Fenster herunter; endlich, dachte er, sie will zuhören.

Mit einemmal traf ihn eine Ladung lauwarmer Spucke an der Schläfe, lief ihm ins Auge, triefte zum Kinn hinab.

– Du Schwein, sagte sie noch einmal. Dann drehte sie sich um und ging Hand in Hand mit dem Jungen davon.

Mit eisiger Ruhe tastete er nach seinem Taschentuch, wischte sich das Gesicht ab, drückte den Deckel auf das Lämpchen, schloß das Fenster und fuhr weiter.

Loes war schon oben; das Licht im Wohnzimmer hatte sie ausgemacht, aber in der Küche brannte die Lampe über dem Herd. Er nahm eine Flasche Bier aus dem Kühlschrank und setzte sich an den Tisch. Mit den Fingerspitzen auf der Tischplatte trommelnd, wartete er, bis sich der Schaum in seinem Glas gesetzt hatte. Keine Panik. Morgen war ein neuer Tag. Er mußte sich etwas einfallen lassen, wie er die Beziehung zum Betriebsrat kitten konnte. Er mußte eine Mitarbeiterversammlung in die Wege leiten. Er würde vor den Beschäftigten der therapeutischen Gemeinschaft sprechen. Morgen.

Er zog die Schuhe aus, löschte das Licht und schlich sich wie ein Einbrecher die Treppe hinauf ins eigene Schlafzimmer. Loes war ein schwarzer Fleck auf dem Kissen. Sie hatte die Vorhänge offengelassen, und allmählich gewöhnten sich seine Augen an das graue Licht. Ihre Kleider auf einem Stuhl. Das Telefon. Der Wecker. Er riß sich das Hemd vom Leib, warf es auf den Boden, stieg aus seiner Hose, streifte die Socken ab. Nackt schob er sich neben sie. Schlafen, jetzt.

Er ließ sich in den Schlaf fallen wie ein Ertrinkender. Ohne die leiseste Gegenwehr sank er in die Tiefe, wo er schwerelos schwebte, während stetig verbrauchte Luft aus seiner Nase entwich. Sein Körper lag breit und entspannt auf der Matratze.

Nur widerstrebend trieb er an die Oberfläche, als sich ein schrilles Läuten nicht länger ignorieren ließ. Er stemmte sich halb hoch, starrte verdutzt auf Wecker und Telefon und begriff im ersten Moment überhaupt nicht, was los war.

– Telefon, sagte Loes, bist du wach?

Er nahm ab. Seine Stimme krächzte, als er seinen Namen sagte.

– Feuer! In Dünenrand. Feuerwehr ist unterwegs. Sie wissen Bescheid. Nach Katastrophenplan. Kommen Sie?

– Natürlich. Bin gleich da. Bis dann.

Im Halbdunkel sah er Loes' Augen funkeln. Liegend sah sie ihm zu, wie er sich anzog, die Hände offen auf der Bettdecke, weiß, kraftlos. In seinem Denken drängte sich etwas in den Vordergrund, etwas vom Vortag, etwas Unsagbares. Weg damit; wo sind die Socken, ein Pullover, Schlüssel?

– Ich muß kurz weg. Feueralarm. Vielleicht ist es eine Übung, dann bin ich bald wieder zurück.

Er wirbelte die Treppe hinunter, schnappte sich eine Lederjacke von der Garderobe und schlug die Tür hinter sich zu. Draußen roch es nach Salz und Feuchtigkeit. Bevor er ins Auto stieg, blickte er nach oben, zu dem bleichen Schemen hinauf, der am Fenster stand und ihm winkte. Er winkte zurück.

Aufgeregt wie ein kleiner Junge raste er zum Krankenhaus, mit Fernlicht und viel zu hoher Geschwindigkeit. Er pfiff ein Liedchen, schlug sich auf die Schenkel, kicherte. Ungehörig, sich auf ein Feuer zu freuen, aber er konnte es sich nicht verkneifen. Er fuhr mit geöffnetem Fenster, roch aber noch nichts. Erst als er auf das Krankenhausgelände einbog, wurde ihm klar, daß es ernst war: Über dem hinteren Teil, in der Nähe der Bahngleise, hingen tiefschwarze, schmierige Rauchwolken. Er stellte den Wagen ab und rannte los, zunächst den breiten Hauptweg entlang, dann kreuz und quer über kleinere Seitenwege. Zweige schlugen ihm ins Gesicht, und Brandgeruch drang ihm in die Nase. Entfernt hörte er die Feuerwehrsirene. Nahebei vernahm er Stimmen; hastige Anweisungen des Personals, erschrokkene Ausrufe von Patienten. Komisch, daß man einen Patienten meistens schon an der Stimme als solchen erkannte. Das müßte man mal untersuchen. Stimmendiagnose. Sagen Sie mal etwas. Danke, ich weiß schon Bescheid.

Er verlangsamte seinen Schritt. Pavillon Dünenrand ging prasselnd in Rauch auf und strahlte eine ungeheure Hitze ab. An den Bäumen vor dem Eingang hingen versengte Blätter herab. Eine Gruppe von Patienten, barfuß und im Schlafanzug, wurde von Erik mit den dicken Armen in sicheren Abstand gebracht. Auf dem Hauptweg näherte sich das Feuerwehrfahrzeug, man wich zurück, rief, schrie. Mit einem Knall zersprang ein Fenster; schmutziggelbe Flammen quollen heraus. Einen Augenblick lang stand Nico fasziniert da und lauschte den Geräuschen. Das Feuer heulte, flüsterte, fraß knisternd und knackend am Holz, pfiff, sog und prasselte. Er schüttelte den Kopf und ging Erik nach.

Er fand ihn etwas seitlich vom Eingang, bleich, aber unerschrocken. Er gab Nico die Hand, was bizarr wirkte. Vielleicht unterstrich das den Ernst der Situation, dachte Nico, aber man hätte es auch als Gratulation sehen können:

ein völlig veralteter Pavillon kostenlos entfernt und obendrein Geld von der Versicherung für einen prächtigen Neubau. So dachte Erik bestimmt nicht, schon gar nicht jetzt.

– Habt ihr alle herausholen können?

Erik zog die massigen Schultern hoch.

– Das weiß ich noch nicht. Ich glaub schon, daß wir die Schlafsäle leer haben, aber ob alle da waren? Einige sind auch durch die Fenster gesprungen, Johan zum Beispiel, mit Frau van Overeem an der Hand! Es ist ein einziges Chaos. Es ging so schnell. Wir tranken gerade Tee, als wir es plötzlich rochen. Tür auf: Flammen! Die Feuermeldeanlage hat also nicht funktioniert.

– Die Sprinkler wohl auch nicht, was?

– Nein, die haben wir gar nicht. Ich bring meine Leutchen jetzt in die Zentralkantine. Zwei Kollegen vom Nachtdienst suchen weiter, auch die Praktikantin. Ob noch wer im Wäldchen ist.

– Ich sehe mich auch kurz um. Bis später!

Nico lief um das brennende Gebäude herum und spähte ab und zu ins Gebüsch. Durch die kaputten Fenster sah er brennende Betten, Gardinen wie flammende Fahnen, schmelzende, sich aufkräuselnde Fußbodenbeläge. Alles wurde zerstört, vernichtet, ausradiert. Er spürte, wie ihm das Herz hüpfte, und er schämte sich dafür.

Der Gestank war unerträglich, und er zog sein Taschentuch hervor, um es sich vor die Nase zu halten. Langsam durchkämmte er die Waldpartien in Richtung Zaun, suchte das Gelände genauestens ab, mit tränenden Augen. Am

Zaun bewegte sich etwas, ein dunkler Körper kauerte am Boden – ein Tier, ein verschreckter Patient, ein verletzter Pfleger? Er rannte darauf zu, knickte um, blieb mit dem Fuß in einer Brombeerranke hängen und kam fluchend näher. Es war Eva.

Sie hob den Kopf von den Knien, als er ihren Namen sagte. Die Arme um die Beine geschlungen, saß sie wie ein kompaktes Häufchen Elend am Zaun. Schmutzige Haare, das Gesicht verschmiert, die Hand blutig. Er kniete sich vor sie hin, spuckte in sein Taschentuch und begann ihr behutsam die Wangen abzuwischen.

– Hat dich das so erschreckt, was ist mit deiner Hand passiert, hast du Schmerzen, kannst du stehen? Er murmelte leise auf ihr blasses Gesicht ein und rechnete nicht mit einer Antwort.

– Komm, ich helf dir auf, halt dich ruhig an mir fest. Er zog sie hoch, langsam, fürsorglich, damit sie auch ja nicht fiel. Er zupfte ihr ein versengtes Blatt aus dem Haar, strich ihr tröstend über die Wange.

Ihre Lippen begannen zu zittern, und er fühlte, daß ihre Schultern zuckten. Es wollte heraus, das Schreckliche ließ sich nicht länger unterdrücken, mußte sich Luft machen.

– Herr van Raay, stieß sie hervor. Und plötzlich waren die Tränen da und näßten ihr Gesicht. Ihre Stimme wurde voller, schnell und unbeherrscht kamen die Worte, zwischen Rotz und Wasser kam ihre Geschichte heraus, sie schrie sie in die Höhlung zwischen seinen Armen.

Als das Feuer ausgebrochen war, hatten sie in dem kleinen Büro gesessen, zufällig war gerade die Nachtschicht eingetroffen. Sie waren in die Schlafsäle gerannt, hatten die Patienten geweckt und aus dem Bett geholt. Es war keine Zeit dafür gewesen, die Leute, die nicht laufen konnten, in ihre Rollstühle zu setzen, Erik hatte sie einen nach dem anderen auf dem Rücken nach draußen getragen. Sie hatte die anderen Patienten durch den Flur vor sich hergetrieben, zu der von der Nachtwache aufgesperrten Tür ins Freie. Erik hatte geschrien, daß sie in die Zimmer gehen müsse, in den Ein- oder Zweibettzimmern am Ende des Flurs schliefen auch Patienten. Nicht alle waren belegt, soweit möglich, wurden die Leute im Schlafsaal untergebracht, das war besser für den menschlichen Umgang und übersichtlicher für das Personal. Nachts wurden sie abgeschlossen, die kleinen Zimmer, von außen. Sonst spukten die Leute im Haus herum.

Sie hatte versucht an die Zimmer heranzukommen, doch am Ende des Flurs wütete schon das Feuer, es war unmöglich gewesen, die Türen zu erreichen. Und Erik hatte sie nirgendwo mehr finden können.

Sie war nach draußen gerannt und hatte Johan, den nervösen jungen Mann, gesehen, wie er durch ein kaputtes Fenster stieg. Hinter ihm eine dicke Frau, der er fürsorglich über die Fensterbank half. Sie hatte ihnen gezeigt, wohin sie gehen sollten, und war auf die Rückseite des Pavillons gerannt, wo das Zimmer von Herrn van Raay lag. Es war hell erleuchtet gewesen von den Flammen, und Herr van Raay hatte mitten im Raum in seinem Rollstuhl gesessen, unerschütterlich, mit einer Tolle aus Feuer auf dem Kopf. Draußen vor dem Fenster hatten die Sträucher gebrannt. Da war kein Durchkommen gewesen. Sie hatte geschrien und auf das Fenster gezeigt, aber niemand konnte etwas tun.

– Er ist ganz einfach verbrannt! Ich stand dabei, ich habe es gesehen!

Nico strich ihr über das rußige Haar, flüsterte schsch, ganz ruhig, es ist vorbei, nicht doch …

– Er hat sich nicht gerührt! Er ist einfach sitzen geblieben! Er brannte!

Sie schluchzte, schniefte, sog die schmutzige, rauchgeschwängerte Luft ein.

– Und ich habe tatenlos zugesehen!

– Du konntest nichts tun. Du hast alles versucht. Beruhig dich doch.

Er hielt sie fest im Arm und legte eine Hand an ihre Wange. Sie sah ihn an, inständig, ratlos.

Er lockerte seinen Griff, streichelte ihren schmalen Rükken, legte die Handflächen an ihre bebende Taille, rieb sie sanft, bewegte die Hände aufwärts und abwärts, eine Brust, überraschende Weichheit, die Kante eines Hüftknochens, eine Schulter, die sich in seine Hand schmiegte – auf einmal hielt er eine warme Frau in den Armen, die er an sich preßte, die er von Kopf bis Fuß fühlen wollte, verschlingen und zerdrücken wollte, die er umarmte.

Mit heißen, gesprungenen Lippen blies er ihr über die Augenbrauen, mit erregter Zunge leckte er ihr die Tränen aus den Augen, mit vom Rauch überreizter Nase sog er die Hitze von ihrem Hals auf. Ein Duft aus längst vergangener Zeit, wie von einem jungen Tier, einem Mädchen –

verbrannter Frühling. Er spürte ihre Hand in seinem Nacken, ihre Fingerspitzen an seiner Ohrmuschel, er roch ihren gehetzten Atem. Da nahm er ihr Gesicht in seine Hände und aß von ihrem Mund. Sie öffnete die Lippen, so daß er ihre Zähne fühlen, ihren Speichel schmecken, ihre warme Zunge suchen konnte. Er dachte nichts. Da war das Bewußtsein eines »Jetzt«, eines »Das«, eines »Ja«. Gegen den morschen Maschendraht gelehnt, tat er, was zu tun war, mit absoluter Hingabe und ohne Vorbehalt. Das war es. Hinter sich hörte er das Zischen der Feuerwehrspritzen, das Prasseln des Feuers, das Zersplittern von Holz und das Zerspringen von Glas. In kaum fünf Metern Entfernung fand eine große Zerstörung statt, doch er stand fest auf beiden Beinen und liebkoste ein Mädchen, eine Frau, die aus dem Feuer gekommen war, um ihn zu küssen. Das war jetzt.

5

Sie saß am großen Tisch und übersetzte Tacitus. Es verstand sich von selbst, daß sie, als Lehrerin für alte Sprachen, nach geeigneten Passagen für Übersetzungstests und Prüfungen suchte. Der Eifer, mit dem sie sich an diesem Vormittag über den Text hermachte, hatte damit allerdings nicht viel zu tun. Es hatte eher den Anschein, als wollte sie sich von den Worten entführen lassen, als wollte sie sämtliche Ebenen ihres Bewußtseins in die Zangen des Satzbaus nehmen lassen, als wollte sie ihr Denken der Form des vor ihr liegenden Textes anpassen: karg und konzis. Von allen Autoren, die sie im Unterricht zu behandeln hatte, war dieser ihr der liebste, mit seinem rührenden Schwanken zwischen Zynismus und Mitleid und der sublimen Ausgewogenheit zwischen Form und Inhalt. Nein, sie verlor sich nicht nur im Spiel der Worte und Sätze, sie lauschte auf einer unterschwelligen Wahrnehmungsebene hungrig darauf, *was* der große Geschichtsschreiber sagte, sie suchte nach dem Grund für die mitreißenden Formulierungen und seufzte zufrieden, wenn sich ein scharf gemeißeltes Wortpaar exakt zu seiner Bedeutung zusammenfügte. Es ging um Macht.

Der Kaiser konnte sich nur sicher wähnen, wenn er das

Leben seiner Untertanen bis in alle Einzelheiten beherrschte, wenn er diejenigen, die ihn ängstigten, fortschicken oder zum Schweigen bringen konnte, diejenigen, die ihm Schwierigkeiten bereiteten, unter der Last unmöglicher Aufträge zusammenbrechen lassen konnte. Er führte plötzliche Veränderungen durch, rasch und willkürlich. Wer da nicht mitzog, war erledigt.

Die Kehrseite war Ohnmacht. Wer sich seiner Abhängigkeit bewußt war, verkniff sich tunlichst eigene Wünsche und Meinungen, beugte das Haupt, versteckte sich in seinem ummauerten Garten und schnitt sich schließlich die Pulsadern auf, um endlich ungestraft schweigen zu können.

Beim Lesen dämmerte ihr eine dritte Möglichkeit. Abgesehen von der quälenden, ausbeuterischen Machtausübung und der widerwärtigen Ohnmacht schien Tacitus sie an diesem grauen Frühlingsmorgen an ihrem vertrauten Tisch in dem totenstillen Haus auf einen weiteren Gesichtspunkt hinzulenken. Derjenige, der keine Macht hatte, war nicht dazu verurteilt, sich zu beugen, zu gehorchen und auf die Knie zu fallen, sondern er konnte einige Schritte zurücktreten und sich so einen neuen Blickwinkel, eine neue Position verschaffen, die ihm die Möglichkeit eröffneten, über die Situation nachzudenken und Worte dafür zu finden, erbarmungslose, scharfe Worte. Die konnte man aufschreiben. So bekam der Machtlose scheinbar Unabänderliches in den Griff, konnte das Netz der Worte über die Wirklichkeit ausbreiten, die ihn bedrohte, konnte sich aus der Opferrolle lösen, indem er den Denker in sich aktivierte.

Sie ließ ihren Bleistift fallen. Ein Mann, der vor zweitausend Jahren gelebt und sich gezwungen hatte, seine Gedanken niederzuschreiben, half nun ihr dabei zu denken. Ein Zeitunterschied von zweitausend Jahren, und doch die gleichen Gedanken, die gleichen Konflikte, die gleichen Lösungen.

Nico mit seinen Plänen und seinem Neuerungswillen herrschte; sie ließ sich unterbuttern. Der Ausweg war: Abstand nehmen, denken, beschreiben. Aber wie?

Sie setzte sich anders hin und stützte den Kopf in die Hände. Die Sprache würde ihr helfen, dachte sie. Dank der Sprache bestand die Welt aus Dingen und Zuständen, die einen Namen hatten. Dank der Sprache konnte alles Benannte mit Eigenschaften, Zuschreibungen und Bewertungen versehen werden. Dank der Sprache existierten zwischen den benannten und beschriebenen Dingen allerlei in Verben auszudrückende Beziehungen. Ohne dieses Gewebe wäre alles anders.

Ein Säugling, noch nicht im Sprachnetz gefangen, trieb in einer Suppe aus erfahrenen, aber ungenannten Gerinnseln, gehörten, aber namenlosen Geräuschen, gesehenem, aber ungesagtem Licht. Todesangst konnte einem das machen, so daß man sich nur noch wünschte, so schnell wie möglich mündig zu werden, damit man sich am Joch der Worte festklammern konnte.

Sie war früher einmal in einem Leseklub gewesen, erinnerte sie sich, einem Grüppchen von sechs Frauen und zwei Männern, das sich alle zwei Wochen traf, um über ein von allen gelesenes Buch zu sprechen. Bei einem der ersten Treffen hatte der Erzählungsband eines Schriftstellers auf dem Tisch gelegen, der auf dem Umschlag hinten verkündete, daß er »die Sprache deregulieren« wolle. Anfangs hatte sie dieses Vorhaben mit stummer Bewunderung erfüllt, aber später, allein auf dem Nachhauseweg, hatte sie eine unerhörte Wut gepackt, und sie hatte in ihrem kleinen Auto laut vor sich hin geschimpft. Mein Gott, welche Arroganz, welcher Größenwahn, welcher Mangel an Einsicht in das, was Menschen aufrecht hielt, aus einem solchen Satz sprachen! Was bildete sich dieser Schriftsteller eigentlich ein! Und der Verlag druckte es stolz ab, als Empfehlung an den Leser, der es in seinem Snobismus wahrscheinlich auch noch wunder wie interessant fand. Die Sprache deregulieren. Man konnte doch erst dann etwas deregulieren, wenn man die Regeln beherrschte, wenn man über sie erhaben war, wenn man in einem einzigen Moment das Ganze überblickte. Das behauptete er also von sich, der Autor der Erzählungen.

Sie hatte sich durch die begeisterte Zusprache von seiten der anderen Leseklubmitglieder ins Bockshorn jagen lassen, hatte geschwiegen, kleinlaut, weil offenbar alle wußten, worum es ging, nur sie nicht. Die Leser kannten die Regeln der Sprache und fanden es spannend, wenn sie übertreten wurden, wenn der Autor demonstrierte, wie man die Oberhand über die Sprache behielt.

Der allem zugrundeliegenden Abhängigkeit von der Sprache, der Überlegung, daß ohne das feste Gewebe der Worte und deren Beziehungen zueinander jegliches Denken unmöglich war, schenkte keiner Beachtung. Auch sie nicht, sie hatte sich einschüchtern und blenden lassen und war erst in ihrem Auto wieder zu der Überlegung fähig gewesen, daß sie eine andere Meinung hatte. Daß sie froh war über das Korsett der Sprache, dankbar für die Struktur und die Grenzen; daß sie sich Tag für Tag des Segens der Regeln bewußt war. Eine deregulierte Sprache kannte sie von Nicos Patienten. Alzheimer zerfraß die Hirne alter Leute, so daß sie keine Worte mehr finden konnten. Tumoren und Blutungen griffen bei geistig gesunden Erwachsenen das Sprachzentrum an, so daß sie von einem auf den anderen Moment nur noch einen einzigen kleinen Satz sagen konnten, der auf alles angewandt wurde! Die teuflische Schizophrenie ließ junge Menschen die Sprache auf eine neue Art erfahren, so daß Wörter einen unvermuteten, bedrohlichen Sinn erhielten und so viel Macht, daß sie töten konnten. Nein, lieber keine Deregulierungen.

Warum hatte sie das nicht sagen können, unter den modischen Designerlampen, beim Rotwein? Sie taugte nicht für gesellschaftlichen Umgang, sie konnte erst denken, wenn sie allein war. Sie hatte sich aus dem Leseklub zurückgezogen und das Buch des deregulierenden Schriftstellers in den Papierkorb geschmissen.

Jetzt beugte sie sich über Tacitus und versuchte eifrig, die Regeln seiner Sprache zu ergründen. Jedesmal, wenn es zu glücken schien, gab ihr das ein Gefühl von Zufriedenheit und Beruhigung. Vielleicht kann man niemals verstehen, was genau ein anderer denkt, aber man kann auf alle Fälle dahinterkommen, wie er es sagt. Wenn man sich darum bemüht.

Die Türklingel. Ein Lastwagen vom Gartencenter stand rückwärts in der Einfahrt. Vor ihr stand der Beifahrer, Papier und Bleistift in der Hand. Über seine Schulter hinweg sah sie, wie sich die Ladefläche hob. Die schwarze Erde kam ins Rutschen, an der Oberfläche setzten sich Körner und Klumpen in Bewegung und glitten auf die Steinplatten; der größte Teil der Masse schien sich noch kurz am Rand festzuklammern, gab dann aber dem eigenen Gewicht und dem steiler werdenden Gefälle nach und schlug schwer auf dem Boden auf.

– Eine kleine Unterschrift bitte, sagte der Mann, der vor ihrer Tür stand. Sie nahm seinen Stift, unterschrieb und sah regungslos zu, wie sich die Ladefläche wieder senkte und der Lastwagen auf hohen Rädern davonfuhr.

Wo Nicos Auto stehen sollte, lag ein Berg fruchtbarer Erde, ein dunkles Versprechen künftigen Wachstums.

Erst jetzt sah sie den demolierten Rasen. Ihr ganzer Stolz war von einem emsigen oder verzweifelten Maulwurf lädiert worden, der im Laufe der Nacht zahllose Maulwurfshügel aufgeworfen hatte. Aus Sand.

Wie man es auch zudeckte, wegdrückte und untergrub, das verhaßte Element fand einen Weg an die Oberfläche. Der Rasen zwinkerte ihr schadenfroh und mit sorgloser Überlegenheit zu. Sie schlug die Tür zu. Sie würden die neue Erde mit Schaufeln über den Garten verteilen, sie würden die Sandhügel abgraben, das Gras mit Erde bedecken, die Löcher auffüllen. Sie würde Wessel anrufen, sie würde sich nicht geschlagen geben, sie würde Nicos Ärger über die versperrte Einfahrt trotzen.

Aber sie zerrte ihr Fahrrad aus dem Schuppen und fuhr in die Stadt, nicht den Radweg entlang, der durch die Dünen führte, sondern quer durchs Polderland; die regelmäßigen Rechtecke und schnurgeraden Gräben wirkten stets beruhigend auf sie – als ob hier keine Gewalt im Spiel gewesen wäre. Sie machte sich weis, daß es anders ging, und wußte, daß sie sich etwas vorlog. Landschaft war Krieg, genau wie das Krankenhaus, die Schule, die Familie. Der Polder war ein lebender Vorwurf, war Folge des Wasserentzugs, war geknechtetes und ausgebeutetes Land, das auf Rache sann. Sich den Deichen fügen müssen, den eigenen Nutzen an der Grasproduktion bemessen lassen, immer Durst haben. Hat sie es so erfahren, dachte Loes, war unser Kind wie eine stille, ausgedörrte Wiese, wie abgefressener Boden, zu erschöpft, um die Erwartungen zu erfüllen? Waren wir diejenigen, die das Schöpfwerk betätigten, das Wasser abpumpten, die Rationen bestimmten?

Nico, dachte sie, Nico, der keine Schwäche oder Ohnmacht ertrug. Und ich habe mitgemacht, dachte sie, verbissen in die Pedale tretend, die Hände um den Lenker geklammert. Zu lasch, um nein zu sagen, zu unsicher, um gegen seine Entschiedenheit anzugehen, zu ängstlich, ihn zu verärgern. Aber er war schon verärgert. Verärgert, weil das langersehnte Kind still und schreckhaft blieb, an nichts Freude zu haben schien und schlecht in der Schule war. Sie hätte darauf bestehen müssen, daß er die Tochter von einem Kollegen des poetischen Professors untersuchen ließ; irgendwer hätte sie sich einmal genau ansehen müssen, ihr Wesen und ihren Zustand ergründen müssen, egal, wie schwierig und wie schlimm es gewesen wäre. Doch sie hatte nicht darauf bestanden, aus Angst, daß sich Nicos Wut dann auf sie verlagern würde. So war sie genauso zum Ausbeuter geworden, zum Unterdrücker, zum Forderer. Zur Mitschuldigen.

Struktur, hatte Nico gesagt, und klare Aufgaben. Mag ja sein, daß die Voraussetzungen nicht die besten sind, aber ein Mensch besteht nicht nur aus seinen Erbanlagen. Die Einflüsse aus seiner Umgebung sind mindestens genauso wichtig. Wir müssen Anforderungen an sie stellen, sie anstacheln, damit die Entwicklung in Gang kommt, negatives Verhalten ignorieren. Das stimuliert man nur, wenn man dem Jammern, Weinen und Sichverweigern Beachtung schenkt.

Das Kind ließ sich nicht zu Fortschritten anstacheln. Anscheinend waren die Anforderungen zu hoch und animierten es keineswegs zur Aktivität. So etwas wie negatives Verhalten, wie Nico es nannte, gab es bei Maj eigentlich gar nicht. Sie sagte nicht nein, weinte selten und war nicht lästig. Grau war sie. Und still.

Die Wiesen wichen Gärten und Häusern. Sie hatte unmerklich ihr Tempo gedrosselt und glitt nun langsam an den Gärten entlang. Hier mußte der Boden sehr fruchtbar sein; Narzissen prangten in prächtigem Gelb, Sträucher und Hecken knospten kräftig, das Gras war robust und saftig. Ein Mann stand mit einer Baumschere in der Hand an einer niedrigen Hecke. Hinter ihm lag ein breites, flaches Haus mit Strohdach. Irgend etwas Bekanntes in der Haltung des Mannes ließ sie abbremsen und stehenbleiben, mit einem Fuß auf dem Bordstein das Gleichgewicht haltend. Der Mann – sie sah seinen Rücken in moosgrüner Windjacke – stand aufrecht da, inmitten seines Besitzes, und hob die Schere.

Die Apfelbäume vor dem Haus hatte er schon bis auf den Trieb zurückgeschnitten, und jetzt machte er sich daran, die Hecke auf Hüfthöhe zu stutzen. Stutzen und zurückschneiden war das einzige, was Nico gelegentlich im Garten machte; auch er konnte verbissen und zielgerichtet gegen den Wildwuchs wüten, wollte aber vom Pflanzen, Hochbinden und Pflegen nichts wissen. Der Mann stutzt gerne zurecht, dachte sie, während sie auf das herabfallende Grün der Hecke schaute. Der Mann fürchtet, daß er selbst zurechtgestutzt und beschnitten wird, und geht zum Angriff über, um dem Feind zuvorzukommen. Das Stutzen ist die Abwehr der Angst vor dem Hackebeilchen. Sie schmunzelte. Der Mann hatte sich umgedreht, als hätte er ihren Blick im Rücken gespürt, und sah sie nun an. Er grüßte, und ein freundliches Lächeln machte sich auf seinem Gesicht breit. Er legte die Heckenschere zu seinen Füßen nieder und kam zu ihr herüber. Über die geschundene Hecke hinweg gab er ihr die Hand. Albert, Albert Tordoir, Nicos Aufsichtsratsvorsitzender, Inekes Mann.

– Loes! So ein Zufall, daß ich dich sehe. Ich wollte dich schon anrufen. Sein Gesicht verfinsterte sich. Plötzlich sah sie, wie er wohl im Gerichtssaal aussehen würde: streng, gerecht, normal. In seinem Blick war etwas Bohrendes und Forschendes, und sie wandte die Augen von ihm ab und dem Garten zu. Rosen hatte er. Er schon.

Hier war kein Sand, hier war der Boden kräftig und reichhaltig.

– Komm doch kurz rein, dann mach ich dir einen Kaffee.

Sie schob ihr Rad in den Garten und lehnte es ans Garagentor. Einladend hielt er ihr die Küchentür auf.

Die Küche war weniger modern und blitzend eingerichtet, als sie gedacht hätte. Viel Holz und offene Regalfächer mit unordentlichem Geschirr. Gemütlich eigentlich. Ob seine Frau noch im Bett lag?

– Ineke ist beim Tennis. Sie erzählte, daß sie dich neulich gesprochen hat.

Sie vergegenwärtigte sich die perfekt gekleidete Frau im Straßencafé. Wie konnte er mit so einer Frau verheiratet sein? Vielleicht sah sie es ja falsch, vielleicht war Ineke ja netter oder anders, als sie dachte. Er hatte ein freundliches Gesicht. Er *war* ein ruhiger und angenehmer Mensch; sie hatte bei festlichen Diners des Krankenhauses ein paarmal neben ihm gesessen und sich an seiner Seite wohl gefühlt.

– Ich war kürzlich mit Nico essen. Aber das weißt du ja sicher. Deshalb wollte ich dich anrufen. Ich habe noch gezögert. Und jetzt sitzt du bei mir in der Küche!

Es begann nach Kaffee zu duften. Er schenkte zwei Becher voll und setzte sich ihr gegenüber.

– Ehrlich gesagt mache ich mir Sorgen um Nico, und ich wüßte gern, ob du diese Sorgen teilst. Zucker?

Sie schüttelte den Kopf. Was meint er, was *weiß* er? Sie dachte an den Text, den sie morgens gelesen hatte, Mauscheleien, Intrigen, Verdächtigungen in Boudoirs und Bordellen. Wie die Höflinge sich bei den Machthabern einzuschmeicheln versuchten und sich danach aufs Verschwören verlegten. Der doppelte Boden in allem, was geschah.

Wollte er sich mit ihr gegen Nico verbünden? Sie mußte wachsam bleiben und durfte nicht auf Freundlichkeiten hereinfallen. Aber wie gern würde sie jede Defensive fahrenlassen, das spürte sie an der Spannung in ihren Muskeln. Laß los, ergib dich, erzähl ihm alles.

Albert redete unterdessen weiter.

– Wir sind sehr froh, daß wir ihn haben, wir schätzen es ungemein, daß er sich ganz allein dieser Herausforderung stellt. Wir kannten ihn natürlich schon als überaus aktiven und tatkräftigen Psychiater. Er hat Ideen, und wir haben ihm gern zu einer Position verholfen, in der er sie auch umsetzen kann.

Ja, Wertschätzung, das war gut, dachte sie. Sie konnten froh sein, daß Nico die gesamte Organisation auf sich nahm, die politische Richtung vorgab, keine schwierigen Beschlüsse scheute.

– Aber ich bin besorgt.

Albert rührte in seinem Kaffee und sah sie nicht an.

– Ich möchte gern, daß die Sache gutgeht. Ein neuer Kurs, der eine Chance auf Erfolg haben muß. Wir denken, ich denke, daß Nico der richtige Mann am richtigen Platz ist, und auch zur richtigen Zeit. *Aber* …

Wieso saß sie hier eigentlich? Was wollte er ihr sagen? Wieso hörte sie ihm überhaupt zu? Was dachte sie selbst darüber? Wann konnte sie weg?

Daß er doch *sehr* energisch zu Werke gehe, hörte sie

Albert sagen. Das gehe vielen gegen den Strich, dem Betriebsrat zum Beispiel. Nico scheine in den letzten Wochen wenig Geduld zu haben und könne offenbar nur schwer nachempfinden, daß seine Vorhaben und Maßnahmen für andere gravierende Auswirkungen hätten. Früher habe er da doch mehr Verständnis gezeigt.

– Deswegen habe ich mir gedacht: Ist irgend etwas? Ich sollte dich das vielleicht nicht fragen, ich weiß. Aber ich tue es doch. Gibt es Probleme? Zwischen euch? Mit eurer Tochter? Entschuldige.

Daß es ihn nichts angeht, dachte sie, das muß ich sagen. Er hat sich da nicht einzumischen, er hat kein Recht, mir solche Fragen zu stellen. Ich brauche nicht zu antworten. Oder bringe ich Nico dann in die Bredouille? Vielleicht hat er recht, vielleicht entgleist Nico, und irgend etwas ist gründlich im argen. An mir hat er ja nichts, ich sage nie was, ich wage nicht, Stellung zu beziehen. Ich lebe nur halb. Seit sie weg ist. Und davor.

– Sag doch was, bat Albert. Hab ich dich erschreckt? Ich frage das in aller Freundschaft, ich bin beunruhigt, und das bist du vielleicht auch. Er ist Jaap Molkenboer gegenüber furchtbar ausgerastet, so kenne ich Nico gar nicht. Und als ich neulich mit ihm essen war, hat er regelrecht abwesend gewirkt. Mehr als nur zerstreut.

Wie das Meer bei zurückgehender Flut zog es an ihr: Sie mußte ihn verstehen, ihn stützen, ihm helfen. Das tat eine Frau für ihren Mann, so gehörte es sich. Vielleicht schon seit mehr als zweitausend Jahren.

Zu ihrer eigenen Überraschung erhob sie sich. Es fühlte

sich vollkommen natürlich an; entspannt stand sie hinter ihrem Stuhl und nahm ihre Tasche von der Lehne.

– Du hast recht, sagte sie zu dem Mann ihr gegenüber, es steht dir nicht zu, mir diese Fragen zu stellen, und ich könnte auch nicht darauf antworten. Das Krankenhaus ist dein Problem, dein Leben. Ich möchte mich da nicht einmischen.

Sie schwieg einen Moment.

– Ich beneide dich um deine Rosen, sie sehen so gesund aus.

Sie war schon halb draußen, er hatte sich erhoben und kam ihr nach. Er sah verschlossen und verstört aus. Sie redete weiter und hörte, daß ihre Stimme tiefer klang als gewöhnlich. Bevor sie sich dessen bewußt war, hatte sie ihm die Hand gegeben und saß auf dem Rad. Tacitus. Der dritte Weg.

Als sie nach Hause kam, stand Nico am Telefon und sprach aufgebracht in den Hörer. Seine Hose schlotterte ihm um die Hüften, und sein Hemdkragen war ihm viel zu weit geworden.

Mit einem kurzen, geblafften Gruß knallte er den Hörer auf.

– Jetzt stellt sich das Managementteam auch noch quer, verdammt. Zumindest die vom Versorgungsbereich, die wollen auch weiterhin an ihrer Prachtküche verdienen. Und im Forschungsbereich, die haben noch ein laufendes Projekt in einer Abteilung, die ich schließen will.

Er wippte vor und zurück, von den Fersen auf die Zehen. Die Kampfstellung.

Sie schwieg.

– Und der Leiter von der Ausbildung hat Einwände gegen die Auflösung der TG. Das sei die einzige Abteilung, in der sich seine Assistenten noch psychotherapeutische Kenntnisse aneignen könnten, hat er gesagt. Aber gerade deswegen will ich sie doch weghaben, das führt doch zu nichts! Sie haben hinter meinem Rücken gekungelt, denn bei der Sitzung heute morgen ist kein Wort davon gefallen. Und mich dann zu Hause anrufen! Feige! Oder was sagst du dazu?

Sie griff zur Zeitung. Langsam hob sie den Kopf und sah ihn an. Sein verbissenes Gesicht, die verkniffenen Lippen.

– Wenn deine Ideen so gut sind, warum sind dann alle dagegen?

Er erschrak. Sie sah es an der plötzlichen Erstarrung seiner Schultern.

– Fällst du mir jetzt auch noch in den Rücken? Wie kannst du nur so etwas sagen, du verstehst doch überhaupt nichts davon!

– Ich sage ja auch gar nichts, sagte sie ruhig. Ich fall dir auch nicht in den Rücken. Ich stelle lediglich eine Frage. Mehr nicht.

Sie schlug die Zeitung auf. Die Buchstaben der fett gedruckten Schlagzeilen tanzten vor ihren Augen. Zum zweitenmal an diesem Tag stand ihr ein sprachloser Mann gegenüber. Er rechnete mit fügsamem Sand und zerschellte an einem Damm aus Basalt. Schau nur, wie er dasteht, dachte sie. Verdattert, perplex, weil sie sich anders verhielt, als er es gewohnt war. Sie war sich bewußt, daß ihr das Herz bis zum Hals schlug und die Zeitung in ihren zitternden Fingern raschelte. Was spielte sich da ab? Es war, als tanzten sie auf nie betretenem Boden.

– Erklär's mir doch noch mal, sagte sie leise.

Er blieb stehen und blickte auf sie herab.

– Es geht um die Illusion der Heilung. Deshalb wird die Einrichtung Krankenhaus genannt, weil es dann so aussieht, als gehe es um wirkliche Krankheiten, die behandelt und geheilt werden können. Manchmal ist das ja auch so, aber meistens nicht; wenn man dann trotzdem die Heilung anstrebt, ist man jedesmal wieder enttäuscht und wird am Ende verbittert und verunsichert. Diese ach so einfühlsame und verständnisvolle Sippschaft geht davon aus, daß man ein vollständiges Bild vom Innenleben eines Menschen gewinnen kann. Dann zeigt man ihm dieses Bild, erklärt ihm, was dort zu sehen ist, historisch, genetisch, dynamisch, bringt mit viel Mühe und Aufwand Veränderungen an, und schon ist die Heilung vollbracht. Eine Mär, ein Wunschtraum, eine Lüge. Die Therapeutenclique möchte es so sehen, und darum sieht sie es auch so, aber es ist Unsinn. Für die meisten sogenannten psychiatrischen Krankheiten gibt es keine Heilung. Da bist du machtlos, da kannst du nichts ausrichten. Darum sollte man es auch gar nicht erst wollen. Die Leute sollten mal ein bißchen mehr ihren gesunden Menschenverstand gebrauchen. Vor allem die Ärzte.

– Du übertreibst. So simpel kann es doch nicht sein. Was ist so falsch an Verständnis?

Während sie sprach, dachte sie: Tu's nicht, halt den Mund, laß ihn reden. Sie stellte die Füße nebeneinander auf, verschränkte die Arme vor der Brust und preßte die Lippen aufeinander.

– Alles! schnaubte er. Soll ich dir ein Beispiel geben? Nehmen wir die Unfruchtbarkeit, eine Frau, die keine Kinder bekommen kann. Muß man das verstehen, nachempfinden, psychodynamisch ablichten? Das macht doch alles nur noch schlimmer, geheilt wird dabei überhaupt nichts. Das müßtest du doch am besten wissen. Was man tun muß, ist: erfassen, welche Optionen man hat, und einen Stufenplan erstellen. Insemination. In-vitro-Fertilisation. Adoptionsantrag ausfüllen. Etwas tun, aktiv werden, arbeiten. Die Leute suhlen sich in ihrer Ohnmacht, während eine einzige kleine Veränderung der Perspektive ausreichen würde, um das Leben wieder in den Griff zu bekommen.

Sie blickte auf seine Hände, seine kräftig geformten Hände mit den ausgeprägten Knöcheln und den hervortretenden Adern. An den kurzen, sauberen Nägeln erkannte man den Arzt. Psychologen hatten oft zu lange Nägel, mit Trauerrändern. Es berührt mich nicht, dachte sie, es hat nichts mit mir zu tun, es geht um ihn. Ich will nicht, daß es mich berührt. Ich schaue nur.

– Am liebsten würde ich das Krankenhaus auflösen, sagte er. Am Ende meiner Amtszeit als Direktor sollte nur noch eine Notaufnahme übrig sein, wo psychotische oder depressive Menschen auf Medikamente eingestellt werden können. Höchstens zwei Monate lang. Danach kommen sie in Wohn- und Arbeitsstätten in der Stadt. Oder wohin auch immer. Das Krankenhausgelände wird in einen Park umgewandelt.

Seine Stimme klang flach und beherrscht. Alles an ihm hatte sich in letzter Zeit gestrafft: seine Muskeln, sein Gesicht, seine Augen.

Eine seltsame Verschiebung hatte stattgefunden, sowohl in seinem Aussehen als auch in dem, was er sagte. Es stimmte, aber es war auch Unsinn. Sie dachte an das Einfallen eines Deiches, wie am hellichten Tag ein sonnenbeschienener Grasdeich einsacken und sich auflösen konnte, weil das Sandbett darunter in Bewegung geriet und weggespült wurde. Der unverläßliche Sand.

– Nicht, daß ich meine Arbeit hasse oder mir das Krankenhaus zum Hals heraushängt. Aber ich will Zweckmäßigkeit. Alles Überflüssige und Unnütze streichen. Auf die Manager könnte ich auch gern verzichten; mit dem, was die austüfteln, ist keinem gedient. Die laufen erst zu Hochform auf, wenn sie alles mögliche verändern und durcheinanderbringen können. Die können einem wirklich gestohlen bleiben. Ich fahr noch ’ne Runde Rad.

Sie sah ihn auf den Radweg biegen, mit seinen nackten Beinen und der jugendlichen Kappe. Plötzlich hatte sie Bauchschmerzen und ein unangenehmes Gefühl hinter den Augen, als wäre da etwas verstopft. Sie blieb auf dem Sofa sitzen, die Hände im Schoß, während es langsam dämmrig wurde.

Draußen wartete der dunkle Berg Gartenerde, regungslos

wie sie. Jetzt, da sich die Turbulenzen von Nicos Worten verflüchtigt hatten, rührte sich nichts mehr. Er hatte sich fachlich geäußert und ein medizinwissenschaftliches Beispiel angeführt. Sie reagierte, als hätte man sie verprügelt und niedergestoßen. Kam das durch eine deregulierte Sprache? Nein, nicht die Sprache selbst, sondern der Zusammenhang zwischen der Sprache und dem, worauf sie sich bezog, war dereguliert. Er meinte etwas, sie faßte es falsch auf. Wenn die Botschaft anders bei ihr ankäme, wäre alles in Ordnung. Sie stellte ja auch ihre Überlegungen an. Nur war es nicht so. Es war viel vertrackter. Er sagte etwas, meinte aber etwas anderes, etwas, dessen er sich selbst vielleicht gar nicht bewußt war. Sie stellte gar keine Überlegungen an, sie hatte keine Macht. Es war ihre Schuld, *ihre* Sprache hatte sich nicht an die gängigen Regeln gehalten, an ihr hatte es gelegen.

Sie vermißte den Mann, den Jungen, der sie an seinen Ambitionen hatte teilhaben lassen. Seine Freude und seine Angst waren verschwunden, vielleicht schon seit bald zwanzig Jahren. Sie hatte die Hand an seine Wange gelegt und seine harten Lippen geküßt, bevor er zum wöchentlichen Seminar des verhaßten Professors aufbrach. Sie hatte gewußt, was er dachte, was er fühlte. Er fehlte ihr.

Vorsichtig öffnete sie die Tür zum dritten Zimmer. Sie machte kein Licht, schob aber die gelben Vorhänge zur Seite, so daß das Licht der Abenddämmerung hereinfiel. Sie stand in der Mitte des Raums und blickte um sich. Das

Regal mit den Kinderbüchern. Die oberen Bretter mit Spielzeug. Der kleine Schreibtisch mit dem tief hineingeritzten Namen. Der geschlossene Kleiderschrank. Das schmale Bett. Nichts hing an der Wand. Nirgendwo lag etwas herum. Mit steif nebeneinandergestellten Füßen stand sie da, nur flach atmend. Eine schuldige Touristin im Kindermuseum.

Im Flur, auf der Treppe bekam sie Muskeln und Körpergewicht wieder in den Griff. Sie stampfte die Stufen hinunter und begann mit ausholenden Gesten ihren Schreibtisch zu ordnen. Sie knallte den schulischen Papierkram auf eine Seite und stapelte Kontoauszüge und Rechnungen vor sich auf. Als Nico zurückkam, füllte sie hastig Überweisungen aus. Die Essenszeit war irgendwie vorübergegangen, sie hatte keinen Hunger, und er fragte auch nicht nach. Zeit ist Raum, dachte sie. Wenn wir in der Küche sitzen würden, wäre Essenszeit. Aber wenn ich in ihrem Zimmer bin, ist die Kinderzeit dennoch unerreichbar. Ich darf nicht weiterdenken, ich muß mich mit dem befassen, was ansteht: den Rechnungen. Vage hörte sie oben das Plätschern aus der Dusche, etwas später registrierte sie, daß er die Treppe herunterkam, zu ihr ging und hinter ihrem Stuhl stehenblieb.

– Kommst du zurecht?

Sie drehte sich auf ihrem Stuhl um und sah ihn an.

– Nein, sagte sie. Da ist eine Riesenrechnung vom Gartencenter, und ich habe nicht mehr genug Geld auf meinem

Konto, um sie zu bezahlen. Könntest du das vielleicht übernehmen?

Er nickte und trat ans Fenster. Schaute er auf den Berg Erde? Sah er sein Spiegelbild in dem schwarzen Glas?

– Wie kommt es, daß du kein Geld mehr hast? Ich will das gern bezahlen, so ist es nicht, aber ich verstehe es nicht. Wo bleibt denn dein Gehalt?

Jetzt, dachte sie, jetzt muß ich es sagen.

– Ich hab es weggegeben.

Hirnrissig. Was für eine hilflose, naive Antwort. Weggegeben. Als würde sie mit klimperndem Geldbeutel durch die Straßen gehen, um Stadtstreicher mit einer milden Gabe zu bedenken.

– Ich habe den Gärtner bezahlt, sagte sie. Sie versuchte ihre Stimme fest und überzeugend klingen zu lassen.

– Wieviel denn?

– Fünfundzwanzigtausend.

Jetzt rastet er gleich aus. Schäumend vor Wut wird er mich als das Schwächste und Dümmste beschimpfen, was ihm je untergekommen ist, und sich von mir abwenden.

Doch er brach in schallendes Gelächter aus. Prustend schlug er sich auf die Schenkel, und die Tränen liefen ihm übers Gesicht.

– Der Gärtner! Der glückliche Gärtner!

Er ließ sich auf einen Stuhl fallen, legte die Arme auf den Tisch und bettete seinen Kopf darauf.

– Köstlich, stieß er unter Glucksen und Keuchen hervor. Ich hoffe, er macht dir Freude. Der Garten. Er kostet zwar eine Kleinigkeit, aber dafür hast du auch was davon.

Als er sich beruhigt hatte, erhob er sich wieder. Er zog sie hoch und umarmte sie.

– Loesje. Du bist phänomenal. So selbständig. Und welche Entscheidungen du triffst. Ich liebe dich, wirklich.

Von seinem Heiterkeitsausbruch angesteckt, hatte sie zu lächeln begonnen, obwohl sie alles andere als froh war; und die Grimassen schienen nach und nach Freude in ihr zu wecken – vielleicht war sie erleichtert, daß sie der erwarteten Wut entging, vielleicht tat es ihr gut, ihn wieder einmal lachen zu hören; sie wußte es nicht, und es war ihr auch eigentlich egal. Lachend tanzten sie zusammen durchs Zimmer, während er immer wieder rief: Der Gärtner, der Gärtner! und sie antwortete: Fünfundzwanzigtausend Gulden!

Sie klammerten sich aneinander fest, verzweifelt, dachte sie kurz, nein, froh, erleichtert, hoffnungsvoll.

Am Fuß der Treppe blieben sie stehen. Er küßte sie, sie liefen Arm in Arm die Treppe hinauf. Nicht zu der Tür hinsehen, der geschlossenen Tür, weiterlaufen zum Bett, sich noch bebend vor Lachen darauf fallen lassen, sein Gewicht spüren, seinen Körper mit dem ihren auffangen, Arme, Beine, Bauch an diesen schweren, diesen bedrohlichen und feurigen Leib schmiegen, der sie in ihrem Beisein in Besitz nahm.

Er schlief. Das Lachen war von seinem Gesicht gewischt und hatte einem verbissenen, verbitterten Ausdruck Platz gemacht. Er lag flach auf dem Rücken, den Kopf mitten auf dem Kissen, die zu Fäusten geballten Hände auf der Brust. Sie schob ihre Hand darunter und schmiegte sich an seine Seite. Sie näherte sich seinem Kopf, bis sie mit den Lippen beinahe seine Ohrmuschel berührte.

– Es ist nicht wahr, flüsterte sie. Es war nicht für den Gärtner. Warum sollte ich dem Jungen soviel Geld geben, das wär doch völlig absurd. Aber er ist nicht einfach nur ein Helfer im Garten, er ist ein Botschafter. Er hilft mir. Er kennt Maj.

Sie wartete kurz, aber er reagierte nicht. Regelmäßig strömte sein Atem weiter, nichts veränderte sich an seiner Haltung, glatt lagen die Lider oberhalb der Wangen.

– Er hat das Geld für sie mitgenommen. Um eine Anzahlung für eine Wohnung machen zu können, ein paar Dinge anzuschaffen, zu leben. Er spricht nicht darüber, ich frage nicht, ich gebe ihm den Umschlag, und er nickt und steckt ihn ein. Meiner Tochter gebe ich Geld, unserer Tochter. Wie jede Mutter. So ist das.

Nico schnarchte. Mit einemmal drehte er sich zu ihr und schlang einen Arm um sie.

– Der Gärtner, sagte er mit dicker Zunge, du redest vom Gärtner!

Er kicherte und drückte sie fester an sich.

– Ja, sagte sie, ja.

6

Er drückte auf die Stoppuhr, als er durchs Tor fuhr. Fünf Sekunden langsamer als gestern. Shit. Seine Waden schienen mit Pudding gefüllt zu sein, und er war völlig außer Atem. Auf dem Parkplatz stand sein neuer silberner Wagen und glänzte ruhig vor sich hin. Hatte er sie denn nicht mehr alle, daß er sich derart auf dem Rad abstrampelte? Kein anderer würde sich das Vergnügen nehmen lassen, mit so einem Prachtschlitten zu fahren. Sein Hemd war naß, und er verspürte einen dumpfen Schmerz im Rücken. Durchhalten, nicht aufgeben. Der Körper mußte sich daran gewöhnen; er durfte nicht nachgeben, sondern mußte ihn ruhig und bestimmt fordern, jeden Tag aufs neue. Die Hand auf dem schmalen Sattel, lenkte er das Rad hinein, an der Pförtnerloge vorbei, wo ein Mann hinter dicken Brillengläsern mit offenem Mund auf einen Bildschirm starrte.

– Guten Morgen!

Der Mann wandte Nico das Gesicht zu und machte Anstalten, etwas zu sagen. Nico wartete aber nicht ab, sondern ließ die gläserne Schwingtür hinter sich zufallen. Er stellte sein Rad in die nicht mehr benutzte Spülküche am vorderen Ende des Flurs und ging zu seinem Zimmer. Die

Tür stand offen. Seltsam. Vielleicht räumte Alice gerade seinen Schreibtisch auf. Sollte sie doch nicht. Ah, gleich unter die Dusche, danach würde er sich besser fühlen. Er hörte Stimmen, als er näher kam. War die Putzkolonne noch da? Zigarettenrauch wehte ihm entgegen, und er wurde zornig. Er wollte nicht, daß im Hauptgebäude geraucht wurde, und das hatte er deutlich zu verstehen gegeben. Er rüstete sich, seinem Unmut einmal gründlich Luft zu machen, und betrat sein Zimmer.

Vor Verblüffung blieben ihm die Worte im Munde stekken. Das Zimmer war voller Menschen, fünfundzwanzig bestimmt, schätzte er rasch. Sie lehnten an den Bücherregalen, saßen auf dem Schreibtisch, auf den Fensterbänken, auf dem Fußboden. Sie rauchten selbstgedrehte Zigaretten und kauten Kaugummi. Junge Leute, manche mit gequältem Gesichtsausdruck, andere eher übermütig, alle jedoch angespannt und gereizt.

Das Gerede war verstummt, aber keiner sah ihn an. Auf dem Heimtrainer saß ein junger Riese, den hochroten Kopf über den Tachometer gebeugt.

Nico blieb schweigend in der Türöffnung stehen und war sich seiner nackten Beine und der Kappe auf seinem Kopf peinlich bewußt. Schließlich rutschte eine etwa dreißigjährige Frau vom Schreibtisch herunter, schüttelte ihre Haare, verschränkte die Hände hinter dem Rücken und begann mit erhobenem Kinn zu sprechen.

– Dies ist eine Besetzung.

Es kam etwas heiser heraus. Sie räusperte sich und fing noch einmal von vorn an.

– Wir haben Ihr Zimmer besetzt. Wir gehen nicht weg, ehe unseren Forderungen stattgegeben wird. Wir wollen, daß die therapeutische Gemeinschaft bestehen bleibt. Das ist unverzichtbar. Wir wollen dableiben. Der Machtmißbrauch und der Abbau von Einrichtungen müssen ein Ende haben. Wir fordern Kontinuität.

– Klientenrat, flüsterte ihr ein Typ vom Schreibtisch aus zu.

– Wir haben den Klientenrat informiert, der ist ganz auf unserer Seite. Jos hier ist da übrigens drin. Wir halten die Lage für so ernst, daß wir selbst aktiv geworden sind. Als Patienten der TG. Und der Poli.

Der Typ stopfte ihr ein Papier in die Hand.

– Wir übergeben Ihnen hiermit einen Brief mit unseren Forderungen. Wir wollen bleiben. Schließung ist Beschiß. Es lebe die TG!

Halbherzige Jubelschreie gingen durch den Raum. Die Frau reichte Nico den Brief. Er machte keine Anstalten, ihn entgegenzunehmen, stand nur stumm da und sah sich das Ganze an. Der Typ auf dem Heimtrainer schaute auf seine Armbanduhr.

– Ich muß jetzt zur Therapie, sagte er. Bin in einer Stunde wieder da.

Ungelenk stieß er auf dem Weg zur Tür gegen einige seiner Mitstreiter.

Nico blickte auf die schmutzigen Turnschuhe, die fleckige Hose, das große, aufgedunsene Gesicht und spürte, wie eisige Wut in ihm aufkam.

Sieh sie dir an, wie sie da hocken, dachte er, zu bange,

um böse zu werden, voller Groll, aber nicht imstande, Rache zu nehmen, voller Vorwürfe, aber unfähig, sie auf erwachsene Art vorzubringen. Kinder sind sie! Viel zu große, viel zu unsichere Kinder. In ihrem Übermut waren sie in sein Zimmer eingedrungen, hatten sich vielleicht von ihren feigen Therapeuten anstacheln lassen – selbstbewußt sein, seinem Gefühl folgen –, die natürlich seelenruhig in ihren sicheren Behandlungszimmern saßen und abwarteten, wie sich das Ganze entwickeln würde. Dreißigjährige Kinder, die zu dumm waren, die Taktik ihrer Betreuer zu durchschauen, die sich bereitwillig mißbrauchen ließen, die mit ihren faulen Hintern auf seinem Schreibtisch saßen und mit ihren nervösen Fingern seine Papiere begrapschten. Die ihre dreckige Asche auf *seinen* Teppich fallen ließen.

Der junge Riese wollte hinaus, aber Nico stand in der Tür und wich nicht von der Stelle.

– Dürfte ich bitte durch? Ich muß zur Therapie.

Er nahm einen säuerlichen Geruch wahr, der aus den schmutzigen Klamotten aufstieg. Ein bitterer Unterton: Angstschweiß. Warum bekam er jetzt kein Mitleid mit dem Jungen, noch dazu einem Patienten; warum wurde er von Minute zu Minute wütender, mußte sich zwingen, die Hände am Türrahmen stillzuhalten? Sie müssen hier weg, dachte er, sie hätten schon längst weggemußt. Kinder müssen aus dem Haus, weglaufen, ihr eigenes Leben entwerfen und nicht ängstlich dahocken und abwarten, ob die Eltern wohl böse werden, wenn sie ungehorsam sind. Nicht auf dem Fußboden sitzen und betteln, ob sie bitte, bitte bleiben dürfen! Weg müssen sie, runter vom Gelände, in die Stadt!

Seine Hände zitterten, als er den Türrahmen losließ. Er drehte sich um und ging.

Fest aufstampfend marschierte er drauflos. Die Berührung mit dem harten Boden tat ihm gut. Er ging schneller und schneller, bis er das vertraute Lauftempo erreicht hatte. So, in diesem regelmäßigen, beherrschten Rhythmus, joggte er zu dem Gebäude, in dem die TG angesiedelt war. Auf der Flucht. Daß er sein besetztes Zimmer verlassen mußte, hatten ihm seine Beine deutlich gemacht. Aber warum? Er war Psychiater, er konnte durchaus mit einer Gruppe ängstlicher, unsicherer, verärgerter Menschen umgehen. Oder? Er hatte gelernt, wie er da vorzugehen, wie er sich zu verhalten hatte. Aber er hatte es nicht getan, er war geflüchtet. Vor dem unartikulierten Unmut, der von der Gruppe ausgegangen war? Ach wo. Vor dem spürbar heftigen Wunsch, das Riesenbaby, das auf seinem Heimtrainer gesessen hatte, nicht nur zur Schnecke zu machen, sondern regelrecht zu zertreten, ihm die Arme aus dem Leib zu reißen, die Finger zu zerquetschen, die Augen einzuschlagen. Die Vernichtung von Hilflosen, davor war er auf der Flucht. Das war der Antrieb, den er in seinen Muskeln verspürte, die Kraft, mit der jetzt seine Füße auf die Pflastersteine eindroschen. Der Herr Doktor war der Henker. Es ging ein kalter, unruhiger Wind.

Zwischen den wogenden Baumkronen sah er das sandgelbe Gebäude, zu dem ihn seine Füße führten. Er wurde langsamer, brachte seine Atmung unter Kontrolle, verkleinerte seine Schritte.

Jaap Molkenboer stand pfeiferauchend vor dem Eingang und schaute erstaunt auf, als Nico näher kam. Er starrte auf Nicos nackte Beine, die schmalen Radlerschuhe, das durchgeschwitzte Shirt und zog fragend die Augenbrauen hoch.

– Übertreibst du nicht ein bißchen mit deinem Gesundheitstrip?

– Arsch, sagte Nico. Feigling. Mir so 'n paar Schwachköpfe ins Zimmer hetzen und selbst außer Schußweite bleiben. Memme!

Das erstaunte Gesicht wurde glatt und ausdruckslos. Die Pfeife wurde an der Wand ausgeklopft. Tick, tick, tick.

– Das war ein eigenständiger Beschluß der Patientenschaft. Sie sind einhellig gegen deine Politik. Wir auch, wie du weißt, aber wir haben unsere eigenen Wege. Nicht, daß wir bisher sehr weit damit gekommen wären, aber das ist deine Schuld. Nur ein kleines Entgegenkommen hätte schon gereicht. Wenn du gesagt hättest: Okay, wir diskutieren darüber, legen wir einen Termin fest. Kollegial. Wie erwachsene Menschen. Dann wäre das alles nicht nötig gewesen. Ich habe es dir erst neulich noch gesagt: Du zerstörst die ganze Organisation, und es ist mir ein Rätsel, warum. Dabei machst du eigentlich keinen masochistischen Eindruck. Um so mehr wundert mich dieser Hang zum Destruktiven. Schade, daß du nie eine Analyse gemacht hast.

– Du scheinheiliges Aas! Fürchtest um deine Position und schickst so 'n hilflosen Haufen vor, der deine Verteidigung übernehmen soll. Heuchler!

– Das führt doch zu nichts, sagte Molkenboer ruhig. Du bist durcheinander, vielleicht solltest du dir eine Weile freinehmen. Ich verhehle nicht, daß mich das alles schmerzt, erst die Aufhebung des Krisendienstes und jetzt die Schließung der TG. Für ersteres mag es noch zwingende ökonomische Gründe gegeben haben, aber für letzteres kann ich nur persönliche Motive erkennen. Die psychiatrische Behandlung, mit der deiner eigenen Tochter nicht geholfen werden konnte, soll auch keinem anderen zugute kommen. Tut mir leid, aber so sehe ich das.

Eine kurze Bewegung mit enormer Kraft. Ein gedämpftes Krachen, ein erstickter Schrei, ein dumpfer Aufprall. Molkenboer lag blutend auf den Steinen, die Hand vor der Nase.

– Aufsichtsrat, flüsterte er, das geht an die Kammer, sofort. Einschüchterung, Körperverletzung, Miß..., Miß...

Rosafarbene Luftblasen zwischen seinen Fingern. Stille. Nico blickte verwundert auf die gekrümmt daliegende Gestalt und schob mit dem Fuß die zerbrochene Pfeife ins Gebüsch. Ihm war ganz leicht im Kopf. In bedächtigem Tempo trat er den Rückzug an, die dünnen Sohlen seiner Radlerschuhe schleiften leicht über das Pflaster. Ihm wurde schwindlig. Er mußte sich setzen. Irgendwo, wo ihn keiner sah, dort, hinter der Gärtnerei, nein, hier, in dem Wäldchen, auf einen Baumstamm, einen Strunk, dann eben auf den Boden, den klammen, muffig riechenden Boden.

Er lehnte den Rücken an einen Baum und zog die Knie unters Kinn.

Anfangs regte sich gar nichts in ihm, außer vielleicht einem leisen Triumph über das Niederstrecken von Molkenboer, wahrscheinlich dadurch ausgelöst, daß es ihn schmerzhaft in der rechten Hand gejuckt hatte. Zu seiner eigenen Überraschung lachte er laut auf. Er erschrak, als er sich hörte. Worüber hatte er gestern noch so sehr lachen müssen? Loes und der Gärtner. Die exorbitante Entlohnung für dessen Dienste. Welche Dienste eigentlich? Sie bezahlte ihn doch wohl nicht für etwas anderes als seine bodenkundigen Fertigkeiten? Wie alt war dieser Typ eigentlich? Er konnte ihr Sohn sein. Nein, konnte er nicht. Oder doch, aber das spielte keine Rolle. Mal im Ernst: Hatte seine Frau ein Verhältnis mit ihrem Gärtner, und wurde der dafür bezahlt, schwarz, im Überfluß? Er konnte es nicht glauben. So etwas würde Loes nie tun. Er schon. Nach dem Feuer. Nach dem Brandopfer des Patienten van Raay. Aber das war etwas anderes. Frauen machten so was nicht. Loes und er waren Kameraden. Was sie zusammen durchgestanden hatten, war so groß, so außergewöhnlich – das konnte man mit keinem anderen teilen. Sie nicht. Das kalte Geheimnis, über das sie nie sprachen, war etwas, was nur sie beide teilten. Hatte er immer gedacht. Vielleicht Unsinn. Der Gynäkologe wußte es. Der Urologe. Die Adoptionszentrale. Dieser Schleimscheißer Molkenboer schien zu wissen, daß es Probleme gab. Gegeben hatte. Mit wem redete Loes? Sie redete nicht. Dachte er. Sie hatte mit Ineke Tordoir in einem Straßencafé gesessen.

Albert hatte sich väterlich und verständnisinnig gegeben. Wußten alle davon, ohne daß er es mitgekriegt hatte? Er war doch nicht bekloppt. Er war ein geschulter Beobachter, seine Realitätseinschätzung war eins a. Albert unterstützte ihn, Molkenboer hatte Schiß vor so einem Chef, Loes war ihm treu. So sah es aus. Wenn das alles hier vorüber war, mußten sie wieder mal richtig in Urlaub fahren, zum Wandern in die Berge, abgeschieden, weiß, in dünner Luft. Vor zwanzig Jahren waren sie hoch oben in den Pyrenäen gewandert, schweigend, Desillusionierung und Verzweiflung hatten wie bleischwere Rucksäcke auf ihren Schultern gelastet. Am steilen Nordhang des Berges hatte sich eine massive Eisschicht Hunderte von Metern weit hinabgezogen; das war der Kühlschrank des heißen Hinterlandes gewesen. Er hatte in einem Wanderführer gelesen, wie Eisträger von diesem Berg aus zu den Palästen von Foix, Pamiers und Toulouse aufgebrochen waren, um ihnen Kühlung zu bringen. Sie hatten sich die herausgehackten Eisblöcke auf den mit einem Schaffell geschützten Rücken gebunden und waren zu Fuß losmarschiert. Wie hatten sie sich gefühlt, was hatten sie unterwegs gedacht, wie hatten sie das durchgehalten? Genau wie Loes und er, gekrümmt unter einer Last, deren Kälte ihnen mit jedem Kilometer tiefer ins Rückenmark drang. Er hatte gezählt und gerechnet: so viele Schritte bis zu dieser Kreuzung, so viele bis zum nächsten Fluß. Er hatte sich Ziele gesteckt und sie erreicht. Übersicht. Macht. Aber sie? War sie auch dicht hinter ihm geblieben, gehorsam in seine Fußstapfen getreten? Oder hatte sie ihre eisige Last schmelzen lassen, hatte die stinkende, durchweichte Schafshaut abgeworfen und war mit einem jungen Schafhirten zwischen die Felsen gehüpft? War er allein?

Mit einemmal war ihm kalt. Ihm wurde kurz schwarz vor Augen, als er sich zu schnell erhob. Der Geruch des modernden Laubs widerte ihn an, das unnütze Herumsitzen hatte ihm nicht gutgetan, und seine feuchten, klammen Sachen ekelten ihn. Langsam ging er zu seinem Büro.

– Sie sind alle ganz brav gegangen, sagte Alice, als er sein Zimmer betrat. Sie zog einen schweren Staubsauger hinter sich her.

– Ich hab mal eben durchgesaugt, das sah ja wüst aus. Jetzt ist wieder alles tipptopp.

– Danke, sagte Nico, marschierte schnurstracks ins Badezimmer und schlug die Tür hinter sich zu. Wasser. Wärme. Er ließ den Strahl auf seinen eiskalten Rücken prasseln. Lange.

Mit nassen Haaren setzte er sich an den Schreibtisch und zog seinen Terminkalender zu sich heran. Alice kam mit einem Stapel Faxe in der Hand herein.

– Die Feuerwehr gibt das Gelände nicht frei. Die Untersuchung ist noch nicht abgeschlossen.

Sie klopfte mit einem Stift gegen ihre Zähne.

– Soll ich diesem Architekten dann mal lieber absagen? Sonst kommt er heute mittag ganz umsonst. Und die Inspektion hat angerufen, sie wollen eine Unterredung, kurzfristig. Über das Feuer. Die Schadensexperten waren gestern hier. Die sind von Bau und Verwaltung rumgeführt worden. Gehen Sie zur Beerdigung von Herrn van Raay? Für einen Kranz ist gesorgt. Ob Sie vielleicht eine kleine Ansprache halten könnten?

– Hören Sie auf, hören Sie auf, Alice, sagte er mit einem Seufzer. Wieso kann ich jetzt nicht mit dem Architekten auf das abgebrannte Grundstück? Wann dann? Der Mann hat in aller Eile eine Bauskizze gemacht, ich will vorankommen. Sehen *Sie* irgendwo ein Untersuchungsteam von der Feuerwehr? Ich nicht. Wir sollen unsere Planung hinausschieben, und die tun nichts. Regeln Sie das, rufen Sie den Feuerwehrhauptmann an, den Architekten, machen Sie einen neuen Termin aus. Hauptsache schnell.

– Der Leiter von der Ausbildung möchte auch einen Termin mit Ihnen, am liebsten gleich. Heute mittag ginge es, bevor Sie zur Pflegezentrale müssen.

Er rieb sich die Augen, streckte die Beine aus, schob den Terminkalender beiseite. Den ganzen Tag würde er sich vorwurfsvolle, mißtrauische Stimmen anhören müssen, würde an sich halten müssen, seine Pläne auf die lange Bank schieben, sich zurücknehmen, sich auf das Machbare konzentrieren, sich entschuldigen, sich winden müssen – nein. Unmöglich. Das konnte er nicht.

– Sagen Sie alles ab, Alice. Ich habe andere Pläne.

– Aber wie soll denn das gehen? Alle wollen mit Ihnen reden!

– Die Chefsekretärin weiß, wie man so was macht. Und die Chefsekretärin sind Sie.

Er erhob sich und ging mit einem kurzen Lächeln an ihr vorbei. Auf ihrem Schreibtisch im Zimmer nebenan klingelte das Telefon. Sie nahm keuchend ab, ungeschickt über die Tischplatte gebeugt.

– Oh, Herr Tordoir, ja, er ist hier, ich stelle Sie durch!

Nico schüttelte den Kopf und winkte ab, während er auf den Flur hinausging. Er konnte ihr hilfloses Gezwitscher hören, bis er die Glastür hinter sich zufallen ließ.

Als zöge sich eine Schlinge zu. Falsch verstanden, beschuldigt und verfolgt von Menschen, die er für neutrale oder sogar wohlgesinnte Mitarbeiter gehalten hatte. Im Stich gelassen und betrogen von seinem Freund, seinem Kind, seiner Frau. Komm, nicht so melodramatisch, dachte er, man gewöhnt sich an alles. Zwei Fragen: Wie sieht die Wirklichkeit aus, und was kannst du tun? Auf dieser Grundlage ziehst du die Bilanz der Möglichkeiten.

Die Gedankenübungen hatten eine befreiende Wirkung. Siehst du, dachte er, Verzweiflung ist sinnlos, eine unnütze Last. Ich muß mal kurz von diesem Gelände runter. Ein Bierchen trinken gehen. Er hielt auf den Ortskern zu, den Radweg an der verkehrsreichen Schnellstraße entlang. Hupende Mopeds nötigten ihn, beiseite zu springen, mit Blumen beladene schwere Lastwagen spuckten ihm schmierige Abgase ins Gesicht. Weiterlaufen. Schritte zählen. Das Ziel kennen.

– Doktor! Doktor!

Eine dicke Frau stand auf dem schmalen Grünstreifen

zwischen Radweg und Fahrbahn. Sie trug einen fleckigen Pullover und einen schief hängenden Faltenrock, und ihre bloßen Füße steckten in Pantoffeln. Sie preßte einen großen Einkaufskorb an ihre Brust. Hinter ihren dicken Brillengläsern sah er freundliche Augen.

– Frau van Overeem! Wo wollen Sie denn hin?

– Rüber. Ich such den Gehweg.

Zwei Radfahrer kamen mit Karacho vorbei und streiften Frau van Overeems Hinterteil.

– Sie erschrecken einen. Weil das hier nicht für Fußgänger ist, sagte die Frau.

Dezidiert machte sie einen Schritt auf die Straße, ohne nach rechts oder links zu schauen. Nico faßte sie mit beiden Händen beim Arm und riß sie zurück. Der schwere Leib wankte, fiel gegen ihn und brachte ihn aus dem Gleichgewicht.

– Darf ich wohl nicht, sagte die Frau. Sie sah ihn enttäuscht an.

– Sie dürfen hier nicht über die Straße, sagte er schroff. Sie passen nicht auf.

– Aber ich muß einkaufen gehen! Für die Abteilung! Es ist keine Kaffeesahne mehr da! Wo soll die herkommen, wenn ich es nicht mache, hm? Doktor van der Doelen?

– Nur mit der Ruhe, wir finden schon eine Lösung. Er hakte sie fest unter und versuchte sie zum Umdrehen zu bewegen. Unerschütterlich, nicht von der Stelle zu bringen. Die Frau spähte eisern zur gegenüberliegenden Straßenseite hinüber.

– Frau van Overeem, man wartet auf sie. Mit dem Kaffee. Wir müssen gehen.

– Kaffeesahne!

– Die bekommen Sie von mir. Wenn Sie kurz mitkommen. Bitte.

Er spürte, daß ihre Entschlossenheit bröckelte. Sie hatte Schweißflecken unter den Armen, er sog den säuerlichen Geruch mit Ekel und Neugierde ein. Langsam gingen sie zum Eingangstor zurück. Aller Anfang ist schwer, dachte er; Eigenverantwortlichkeit der Patienten für ihr Lebensumfeld, gut und schön, aber was denkt Erik sich dabei, so eine Frau einfach auf die Schnellstraße hinauszulassen? Ach nein, Erik ist ja seit dem Feuer zu Hause, nervlich überlastet. Wir müssen ein Symposium über die Erstellung von Stufenplänen veranstalten, sonst wurstelt hier jeder vor sich hin.

Sie kamen kaum von der Stelle. Nur schlurfend bewegten sich die Pantoffeln über den Asphalt, und er hatte die größte Mühe, seine Wanderpartnerin auf Kurs zu halten. Jedesmal, wenn er sie von der Seite anschaute, sah er, wie sich ihr Gesicht zu einer einem Lächeln ähnlichen Grimasse verzog. Ihr Mund stand ein wenig offen, und sie sabberte leicht vor Anstrengung. Das Tor war noch ein gutes Stück entfernt.

Er würde dem jungen Gärtner einen Prozeß anhängen. Geldschneiderei, Erpressung, Betrug? Dieser kundige Rechtsanwalt aus dem Aufsichtsrat würde ihm da bestimmt helfen können. Sein Geld zurück, das war wohl das mindeste, was ihm zustand. Und Loes, die mußte auch zurückgepfiffen werden. Ein Gespräch, heute abend. Oder besser nicht? Besser nichts sagen und nach Knutschflecken an ihrem Hals forschen, nach Briefen in ihrer Schreibtischschublade. Er spürte, wie ihm das Blut in den Kopf stieg. Daß sie sich mit so einem Niemand abgab, so einem Kraftprotz, so einem ordinären Betrüger. Und er sollte womöglich noch froh sein, daß sie die Verantwortung für diesen Scheißgarten auf sich nahm. Mit ’nem Bulldozer drüber und dann Kies drauf, das würde er machen. Ein Zeichen setzen. Er war diese unausgesprochenen Vorwürfe gründlich leid. Wenn ein Kind vor Nervosität oder unangebrachtem Mangel an Selbstvertrauen sein Abitur zu vermasseln drohte, hatte man als Vater die Pflicht, einzuschreiten. Oder etwa nicht? Noch dazu, wo er was davon verstand. Es tat unsicheren Menschen nur gut, wenn man ihnen Struktur bot und Anforderungen an sie stellte. Daß sie eine Sporttasche gepackt hatte und abgehauen war, dafür konnte er nichts. Loes hatte dem ja nichts entgegenzusetzen gehabt, die konnte froh sein, daß er eingriff. Was hätte er denn sonst tun sollen? Dieser passive Widerstand, diese Trübsinnigkeit, diese Schicksalsergebenheit hingen ihm zum Hals raus. Sich vom Gärtner trösten lassen, gegen Unmengen von Geld – unglaublich. Er hatte natürlich im Schuppen an ihr rumgefummelt, mit seinen muskulösen Armen. Mit Hormonen vollgepumpt, wie der war. Geschmeichelt, daß so eine ältere und noch ganz ansehnliche Frau auf ihn stand. Widerlich.

Als sie endlich durchs Tor geschlurft waren, fing Frau van Overeem wieder von der Kaffeesahne an.

– Ich kann doch nicht ohne zurückkommen. Wir haben doch die Neuerung. Ich muß es selber machen.

– Jetzt hören Sie aber auf, sagte er barsch. Kaffeesahne ist ganz schlecht, die macht dick. Die streichen wir von der Liste. Sagen Sie das ruhig dem Pfleger. Und außerdem schmeckt sie nicht.

Frau van Overeem schien jetzt gänzlich in Verwirrung zu geraten und drohte endgültig zum Stillstand zu kommen. Nico verstärkte seinen Griff und begann fest an ihr zu ziehen.

– Sehen Sie mal, da ist schon Ihre Abteilung. Kommen Sie, wir werden das gleich besprechen.

– Nein, nein, da wohn ich ja gar nicht, sagte die Frau verdutzt.

– O doch. Seit dem Feuer wohnen Sie hier. Das weiß ich ganz genau.

– Ja, überall Feuer, grausig, nicht? sagte sie. Sie brach in heftiges Schluchzen aus. Nico winkte einer Gestalt hinter der Tür des Pavillons zu. Er sah einen zurückwinkenden Arm und begann schon zu verzweifeln. O Gott, dachte er, nicht auch das noch! Aber da ging die Tür auf, und Eva kam heraus. Er atmete aus.

Gemeinsam brachten sie die aufgewühlte Patientin ins Wohnzimmer.

– Wie geht es dir? fragte Eva. Du siehst nicht gut aus, kann ich etwas für dich tun?

– Tu lieber was für deine Patienten, sagte er grob. Zum Beispiel aufpassen, daß sie nicht weglaufen. Ich hab gerade noch verhindert, daß sie überfahren wurde.

Sie setzte Frau van Overeem an den Tisch, zu einigen Patienten, die vor- und zurückwippten und ins Leere starrten. Keinerlei Kommentar zur Rückkehr der Ausgeflogenen, keinerlei Interesse an Kaffeesahne.

Eva ging in das kleine Büro und zog ihren Kittel aus. Er blieb in der Tür stehen und sah ihr zu.

– Du kannst etwas für mich tun, sagte er. Komm mit. Ich muß hier raus, weg, ich ersticke hier.

Wortlos folgte sie ihm nach draußen.

Er klopfte auf sein Jackett. Brieftasche, gut. Eva war schon eingestiegen. Schnell lenkte er den Wagen vom Parkplatz und vermied es, zum Eingang des Hauptgebäudes zu sehen, aus dem Alice gleich wütend herausgerauscht kommen würde, wo Albert vielleicht schon eingetroffen war, um ihn in den einstweiligen Ruhestand zu versetzen, die Polizei, um ihn wegen Körperverletzung zu verhaften, die Feuerwehr, um ihn anzuklagen. Er ließ sich von der enormen Kraft des Motors verführen und steuerte seinen Wagen wie einen Panzer vom Gelände.

Sobald er auf der Autobahn war, beschleunigte er und zog auf die ganz linke Spur hinüber, auf der er Lastwagen und bunte Spielzeugautos mühelos hinter sich ließ. Durch die dunkelgetönte Windschutzscheibe sah der Himmel weißlichgrau aus, und das sonnige Frühlingswetter vom Morgen schien verschwunden. Dank der Klimaanlage war es angenehm kühl. Die Fenster ließ er zu, er wollte, daß der Wagen ein geschlossener Raum war, frei von äußeren

Einflüssen, mit eigenen Gesetzen. So, wie er von seinen Patienten erwartete, daß sie Abstand von ihrer Krankheit nahmen, daß sie aufhörten, nach Hintergründen und Erklärungen zu forschen, und sich statt dessen nur noch auf einen gesunden Tagesablauf und heilsame Aktivitäten konzentrierten, so sah er nun selbst von Reflexionen ab und konzentrierte sich auf die wenigen Kubikmeter Raum in der silbernen Schale des Volvo. Das weggelaufene Kind, die treulose Ehefrau, den liederlichen Gärtner und die Verräter, die er für Kollegen gehalten hatte, ließ er mit jedem Kilometer weiter hinter sich. Was sie ihm angetan hatten, wurde immer undeutlicher, ihre Vorwürfe und ihre Wut verloren an Bedrohlichkeit und Bedeutung. Wenn man wollte, konnte man seine Gedanken zwingen, sich hübsch im sicheren Rahmen des Nützlichen und zu Bewältigenden zu halten. Man mußte es nur intensiv genug wollen.

Durch den dünnen Stoff seiner Sommerhose spürte er das kühle Leder des Sitzes. Bis auf ein leichtes Rauschen war es still im Wagen. Keine Musik. Völlig entspannt ruhte sein Fuß auf dem Gaspedal, seine Hand auf dem Lenkrad, sein Kopf an der Rückenlehne. Nichts verweigerte sich, nichts stellte sich quer, keine Reibereien.

Er blickte zur Seite und sah Evas Profil. Ein glattes, makelloses Gesicht, andächtig der Aussicht zugewandt. Der graue Rock lag faltenlos über den braungebrannten Knien. Sie hatte die Schuhe ausgezogen und ordentlich nebeneinandergestellt und stützte sich mit den nackten Füßen auf der Ablage ab. Sie sah ruhig und zufrieden aus.

Auf der Höhe von Schiphol sausten sie unter einem gerade gestarteten Flugzeug hindurch. Wohin fuhren sie? Antwerpen, hatte sie gesagt, als sie auf den Tasten dieses idiotischen Orientierungsapparats neben seinem Lenkrad herumgetippt hatte. Gut, prima, aber dann an der Küste entlang. Auf alle Fälle Zeeland. Er wollte Grenzen und Trennlinien sehen, Schleusen und Wehre. Er wollte ihr zeigen, daß man auch die zerstörerischsten Kräfte bezähmen und kontrollieren konnte, daß Menschen jedes Problem lösen konnten, wenn sie nur gut genug nachdachten und sich nicht von ihren Emotionen auf Abwege führen ließen, wo mit Vernunft nichts mehr auszurichten war. Jahrhundertelang hatte man das Wasser mit Gebeten aufzuhalten versucht, hatte man den Charakter des Meeres verändern wollen. Der Erfolg hatte sich erst eingestellt, als man die Natur des Meeres nüchtern ins Auge fassen und auf dieser Grundlage ein Sturmflutwehr konstruieren konnte.

– Hast du die Deltawerke schon mal gesehen?

Sie lächelte und schüttelte den Kopf. Das dicke, mattblonde Haar bewegte sich über ihre Schulter. Von Insel zu Insel würde er fahren, mühelos, über Brücken und Schleusen, über gefährlich graues Wasser, wo früher Menschen in kleinen Schiffen gegen die feindliche Flut gekämpft hatten.

Nah an den Dünen entlang, durch die strammen Wälder, die den Dünensand binden und zurückhalten sollten. Über die Deiche, die dem Meer standhalten mußten, wenn der Sand weggespült war. Ein geplantes Land wollte er ihr zeigen.

In einem totenstillen kleinen Ort stiegen sie aus. Es gab ein Café in einem jahrhundertealten Haus an einem Platz. Die Stühle standen draußen auf dem Kopfsteinpflaster; sie setzten sich mit dem Gesicht nach Süden und blickten über eine Gracht mit niedrigen Kaufmannshäusern, einer gemauerten Brücke, einem kleinen Wassertor.

Er sah lange auf ihre Fesseln, auf die schöne Wölbung des Knöchels, auf das bläuliche Aderwerk, auf die Ockerfarbe ihrer Haut.

Später spazierten sie umher, um sich die Kirche anzusehen, die Gärten des alten Klosters und die malerischen Gäßchen dahinter. Er nahm ihre Hand, ihre feste, junge Hand. Sein rechter Fuß sehnte sich schon wieder nach dem Pedal.

Er brauste über das Wehr und suchte sich seinen Weg quer durch das grüne Land Richtung Vlissingen. Sie mußte die Promenade sehen, bevor es dunkel wurde, denn nirgendwo war der Himmel bei Sonnenuntergang so lila und purpur wie dort. Er führte sie zum Ende der Mole, und sie schauten zu, wie die Sonne die wilde Wolkenmasse färbte. Danach kroch Nebel aus dem Wasser, und er merkte, daß sie fröstelte. Er zog sie an sich, hängte ihr sein Jackett über die Schultern und schloß seine warmen Arme um sie.

Sie aßen an einem riesigen Fenster, durch das sie Tanker und Frachtschiffe mit seltsamen Namen vorbeifahren sahen, überraschend nah am Ufer. Er machte sie auf das gelbe Lotsenboot aufmerksam, das in hohem Tempo auf ein Schiff zufuhr und längsseits ging. Sie spähte angestrengt zu dem Schiff hinüber und sah den Lotsen als kleinen Fleck am grauen Rumpf aufwärts klettern. Lange bevor er oben war, schoß das Lotsenboot schon wieder über das Wasser. Daß der Lotse jetzt das Kommando übernehme, erzählte er. Der Kapitän müsse zusehen, wie der Lotse das Schiff durch das verräterische Gewässer lenkte. Sie drückte seine Hand, sie lächelte.

Die Sonne war vollends untergegangen, als sie ihr Essen beendet hatten. Himmel und Wasser waren schwarz, es schien kein Mond. Sie gingen zur Promenade zurück und sahen die Lichter der Schiffe und die Leuchtturmstrahlen, die wie Greifarme über den schimmernden Fluß und das weiter entfernte Meer glitten. Der Wagen rollte über leere Straßen Antwerpen entgegen. Auf Kreisverkehrsinseln und Mittelstreifen standen Narzissen in voller Blüte, mit weit geöffneten Kelchen und zurückgeschlagenen Blütenblättern, als lechzten sie nach Sonnenlicht. Es war Nacht.

Er rief vom Auto aus im Hotel an und reservierte ein Zimmer zum Innenhof. Er sei willkommen, sagte die Besitzerin, der Wagen könne in der Garage stehen, er werde es schon finden, es sei ja nicht mehr viel Verkehr. Er lächelte, als er ihr Flämisch hörte, es war, als bestätigte die andere Sprache, daß jetzt alles anders war, daß hier neue Regeln galten, andere als in dem Gebiet, in dem er Niederländisch sprach und verstand. Er legte die Hand auf Evas Schenkel und streichelte die Haut entlang ihres Rocksaums. Nichts erklären, dachte er, keine Geschichten, keine Erläuterungen. Nicht: Meine Frau versteht mich nicht, sie ist mit dem Gärtner auf und davon. Ich habe keine Frau. Keine Fragen. Nicht: Machst du so etwas öfter, hast du keinen Freund, lebt dein Vater noch, bist du in mich verliebt. Ich habe kein Alter. Er lenkte das Auto gewandt in die Innenstadt. Eva schaute entzückt auf die Fassaden. Sie hatte ihre Hand auf die seine gelegt. Er wollte ihr alles zeigen, die verschwiegenen Plätze, die mittelalterlichen Gassen, die erhöhten Promenaden entlang der Schelde. Er wollte ihr Kleider kaufen, Parfüm, Schmuck, Handtaschen, alles mit gigantischen Preisen, unüberschaubaren Beträgen in belgischen Francs ausgezeichnet. Er wollte sie mit Fisch füttern, mit Austern, mit salzigem Weißwein. Mit schwarzen Trüffeln und weißen Pralinen. Er wollte für sie sorgen. Es sollte ihr an nichts fehlen. Sie wußte das, sie schätzte das und würde ihm dankbar sein. Er machte sie glücklich.

Er fand das Hotel in der schmalen Straße und spürte kurz die vertraute Verärgerung aufkommen, als sich herausstellte, daß die Tür der Hotelgarage geschlossen war, so als ob Loes, Albert, Molkenboer und der Gärtner mit empörtem Zischeln hinter den Schotten in seinem Kopf hervorkämen, um ihn zur Ordnung zu rufen und zu verurteilen. Alle waren nur darauf aus, ihm Steine in den Weg zu legen. Sogar hier! Sein Herzrhythmus beschleunigte sich, und er begann schwer zu atmen. Da wurde die kräftige Gestalt der Hotelbesitzerin sichtbar, die die Garagentür mit leisem Rattern aufschob und Parkraum in Hülle und Fülle freigab. Er schüttelte den Kopf, um die Gedanken loszuwerden. Es war nichts. Alles in Ordnung. Sie waren da.

Das Fenster gern offen, aber die Vorhänge lieber zu. Er hatte keinen Bedarf an einem Himmel mit Sternen wie Nadelstiche, ihm genügte das weiße Geviert dieses Zimmers, dieses Bettes. Er hatte Wein heraufkommen lassen und lag lang ausgestreckt auf den bleichen Laken, das Glas auf seiner Brust balancierend. Im Badezimmer rauschte Wasser, auf dem Stuhl lagen Evas Kleider, in seinem Kopf waren die drohenden Phantome verstummt. Jetzt kam die Nacht.

In völliger Dunkelheit schreckte er aus dem Schlaf. Tastend entdeckte er die Ränder des Bettes, den unbekannten Teppich unter seinen Füßen, eine geschlossene Tür, eine Tür, die man öffnen konnte. Im Badezimmer lehnte er sich an die Wand, schwitzend, krank vor Angst. Der Spiegel zeigte ihm sein Gesicht, ein zerfurchtes Gesicht mit roten Flecken und dunklen Rändern unter den Augen. Er weitete den Türspalt zum Zimmer. Das Lichtbündel fiel auf das Bett, in dem ein Kind lag, ein Mädchen, das mit seinen dünnen Armen das Kissen umklammerte. Ein Kind.

Wohl eine Stunde lang saß er auf dem WC-Deckel und massierte seine Kopfhaut. Als das Zittern seiner Waden nachließ, wusch er sich mit kaltem Wasser. Er schlich ins Zimmer zurück und zog sich an. Er nahm alles Bargeld aus seiner Brieftasche und legte es aufs Bett. Vorsichtig bewegte er sich zur Tür. Auch draußen auf dem Flur ging er noch auf Zehenspitzen. Der Nachtportier ließ ihn in die

Garage, er fuhr auf die Straße hinaus, aus der Stadt hinaus, ins Dunkel hinein. Er blieb mit dem Wagen am Straßenrand stehen, legte Kopf und Arme aufs Lenkrad und weinte.

7

Daß er gegen Abend nicht nach Hause gekommen war, hatte sie nicht sonderlich beunruhigt. Sie wußte öfter nicht, ob er noch Verpflichtungen hatte, eine Unterredung oder eine Sitzung, sie hörte einfach nicht, was er sagte, oder vergaß es sofort wieder. Erst hatte sie mit dem Kochen gewartet, dann hatte sie es ganz gelassen. Beim Fernsehen trank sie ein Glas Milch und aß eine Tüte Chips. Das Geschnatter des Nachrichtensprechers war ihr unerträglich, sie stellte den Ton ab und schaute auf den sich sinnlos bewegenden Mund, die bedeutungsleere Hülle der Wörter. Es war noch hell draußen, sie konnte noch kurz in den Garten. Der Nachrichtensprecher implodierte zu einem leuchtenden Punkt in einer schwarzen Fläche.

Der Maulwurf hatte wieder unter dem Rasen gewütet. Sie trug die aufgeworfenen Sandhäuflein mit der Schaufel ab. Man mußte leere Flaschen hineindrücken, wußte sie, und wenn es dann wehte, würde in den Maulwurfsgängen ein schauerlicher Akkord erklingen, der den Maulwurf lähmte. Sie trat die Löcher mit dem Absatz zu und streute Erde darüber. Wer am längsten durchhielt, war Sieger. Wessel hatte von Gift und Fallen gesprochen, er wollte gleich ins Gartencenter, um die Waffen zu besorgen, doch sie hatte nichts davon wissen wollen und darauf bestanden, dem Maulwurf einen fairen Kampf zu liefern. Sie würde ihn gern dazu verleiten, sich ein neues Domizil zwischen den Kiefern zu suchen: so viele Wurzeln zum Zernagen, soviel Sand zum Aufwerfen, soviel Raum, soviel Ruhe. Aber das blinde Tier zog ihren Rasen vor.

Mit einemmal war sie den Garten leid. Sie schloß die Küchentür ab und ging durchs Gartentor hinaus. Kalte Abendluft senkte sich herab, der Radweg leuchtete hellgrau im Dämmerlicht. Aus einiger Entfernung blickte sie auf ihr Haus, in das sie genau wie der Maulwurf stets zurückkehrte, weil sie nicht wußte, wohin sie sonst hätte gehen sollen. Laufen. Die Fußsohlen auf dem Boden abrollen, die Fäuste in den Taschen ihrer Jacke geballt. Verkümmertes Brombeergestrüpp, Helmgrasbüschel, Dünensand. Irgend etwas scheuerte an ihrer Ferse, sie zwängte den Finger zwischen nackten Fuß und Turnschuh. Sand. Sand, der mich sticht und ärgert und mir weh tut. Gemeiner, heimtückischer Sand.

Unsinn. Der Sand tut nichts, der ist nur da. Daß ich denke, der Sand sticht mich, ist ein Streich des Verbs. Der Sand läßt sich im Schuh mitnehmen, aber ich bin diejenige, die etwas tut: Schmerz empfinden und mich ärgern. Ich könnte es auch lassen, dann wäre der Sand machtlos. Sie erklomm die letzte Dünenreihe und sah den leeren Strand. Fußspuren, Hundefährten, Sandburgen waren vom Meer ausradiert worden; am Horizont färbte die nicht mehr sichtbare Sonne den Himmel blaßgelb. Langsam ging sie nach Hause zurück.

Dunkle Fenster. Kein silberner Wagen in der Einfahrt. Wollte sie denn so gern, daß er nach Hause kam? Seine Abwesenheit war wie der Sand: ärgerlich, weil sie sich darüber ärgerte. Plötzlich erfaßte sie unruhiger Tatendrang, und sie fischte mit zitternden Fingern den Schlüssel aus ihrer Jackentasche und steckte ihn trappelnd vor Ungeduld in das Schloß der Küchentür. Drinnen schmiß sie ihre Jacke hin, warf ihre Schuhe ab und stürmte die Treppe hinauf. Als erstes zog sie das Bett ab. Decken und Einziehdecken schüttelte sie auf dem Balkon aus, keuchend, mit heftigen Bewegungen. Aus dem Augenwinkel sah sie die Nachbarin verwundert hochschauen. Starr blickte sie zurück, ohne zu grüßen, ehe sie, halb unter dem Deckenberg begraben, durch die Glastüren ins Zimmer zurücktrat. Sie stopfte die schmutzige Wäsche in den Wäschekorb und bezog das Bett straff mit duftenden Laken.

Am Küchentisch fand sie keine Ruhe. Sie merkte, daß sie angestrengt horchte, was sich draußen tat. Viel war es nicht, Blätter rieben im leichten Abendwind gegeneinander, die Nachbarin schloß ein Fenster, ansonsten Stille: das Ausbleiben von Motorengeräuschen, vom Zuschlagen einer Wagentür, vom Knarren einer Türklinke.

Brüsk stand sie auf. Die Geschirrspülmaschine mußte ausgeräumt werden, die Teller mußten in den Schrank, die Schüsseln an ihren Platz, das Besteck in die Schubladen. Sie warf die Gabeln mit Wucht in ihr Fach, griff unwirsch nach den Messern und schnitt sich in die fleischige Unterseite der Finger. Wütend sog sie das Blut aus der Wunde.

Die gläserne Salatschüssel glitschte ihr aus den Händen

und zersprang auf dem Fußboden. Sie fluchte. Dann rannte sie zum Besenschrank im Flur und zog den schweren Staubsauger in die Küche. An der verletzten Hand leckend, saugte sie die Glassplitter auf; klimpernd rasselten sie durch den Schlauch, der Motor heulte, die Räder quietschten über den Fußboden. Als sie das Gerät endlich ausmachte, war es auf einmal bedrohlich still.

Alkohol, sie könnte etwas trinken. Das war auch gut gegen den Schmerz. Erst mal Pflaster auf die Finger kleben. Blutflecken auf der Schere, mit der sie die Pflaster zurechtschnitt, sich auf die Lippen beißend, um nicht zu schreien. Mit der linken Hand unbeholfen die klebrigen Enden an die richtige Stelle bugsieren, hastig, mit viel zu großem Kraftaufwand. Mit übertriebener Gelassenheit nahm sie anschließend die Jeneverflasche aus dem Kühlschrank und trug sie ins Wohnzimmer. Sie ging noch einmal zurück, um ein Glas zu holen. Jetzt aufs Sofa setzen. Vorsichtig einschenken, nichts verschütten. Mit der falschen Hand das Glas an den Mund setzen. Die scharfe, beißende, aber betäubende Flüssigkeit an den Lippen fühlen. Stille.

Sie könnte im Krankenhaus anrufen. Es mußte einen Nachtpförtner geben, der das Telefon bediente. Was sollte sie sagen? Wo ist mein Mann, er ist nicht nach Hause gekommen. Undenkbar, das machte sie nicht. Aber wieso nicht? Vielleicht sagte der Pförtner ja, daß eine Aufsichtsratssitzung stattgefunden habe und sie jetzt essen gegangen seien, das kann schon mal spät werden, gnädige Frau, warten Sie nur in Ruhe ab, der Herr Doktor kommt bestimmt bald. Nein, ihr kam es so vor, als würde sie die

Macht gänzlich aus der Hand geben, wenn sie anrief. Bloß nicht.

Und die Polizei? Ist ein Unfall mit einem silbernen Volvo mit meinem Mann darin gemeldet worden? Ach, liebe Frau, er ist erst *einen* Abend weg? Da handelt es sich meistens um Unfälle anderer Art, rufen Sie morgen noch einmal an, wenn Sie dann noch nichts gehört haben. Rasend vor ohnmächtiger Wut, vor Demütigung würde sie den Hörer aufknallen. Wenn etwas passiert war, wenn der Volvo um eine riesige Buche gewickelt zum Stehen gekommen war, wenn Nico zerquetscht, mit gebrochenem Genick auf seinem Airbag hing, würde doch irgendwer daran vorbeikommen, selbst mitten in der Nacht. Dann würde die Polizei mit behandschuhten Fingern in Nicos Taschen nach Führerschein oder Kreditkarte suchen, dann würde ein ernster Inspektor sie anrufen oder abholen und um die Identifizierung der Leiche bitten.

Sie schüttelte den Kopf und erhob sich. Genug getrunken. Sie wollte ins Bett, sie mußte die Nacht herumbringen, die seltsamen Gedanken ausblenden, und wenn ihr niemand dabei helfen konnte, mußte sie es selber tun. Wahrscheinlich war er verärgert wegen des Geldes, trotz seines Heiterkeitsausbruchs gestern abend, war erbost über ihre Naivität und wollte sie damit strafen, daß er sie in Unruhe versetzte. Sie würde sich tapfer halten. Es war nichts. Sie könnte Wessel anrufen, sie könnte einfach nachfragen, was denn genau mit dem Geld geschehen war, das sie ihm zugesteckt hatte. Sie hätte darauf bestehen müssen, daß er ihr Adresse und Telefonnummer gab; er sei nie zu Hause, hatte er gesagt, da wohnten so viele Leute, es sei ziemlich chaotisch da, wo er wohne, Studenten und so, nie werde irgend etwas ausgerichtet, wenn jemand angerufen habe, das habe keinen Sinn. Er komme doch jede Woche, da brauche sie ihn doch gar nicht anzurufen. Widerstrebend hatte er eine Nummer auf einen Zettel geschrieben. Er schämt sich, hatte sie gedacht, er möchte nicht, daß seine Freunde ihn als Gärtner sehen, er geniert sich, wenn er von irgendeiner alten Tante ans Telefon beordert wird, er ist noch ein Kind.

Der Zettel lag in der Schublade, in der sie ihr Geld aufbewahrte. Resolut wählte sie die Nummer, obwohl es schon gegen Mitternacht war.

– Hallo, sagte eine Mädchenstimme mit nasalem Klang, oh, Moment, kurz den Aschenbecher …

– Ich suche Wessel ten Cate.

– Ah, sagte das Mädchen. Es wurde still am anderen Ende. Dann hörte sie klackende Schläge, als baumele der Hörer am Kabel herunter und stoße immer wieder gegen eine Wand. Zwischendrin war verschwommen ein Gespräch zu hören, das Mädchen rief kurze Sätze in fragendem Ton.

– Sind Sie noch dran? Hier ist niemand, der so heißt.

– Aber er wohnt da! Bist du dir sicher?

– Ja, sagte das Mädchen in dem gepreßten Ton. Ich hab gefragt. Sie sind falsch verbunden.

Sie legte auf. Falsch. Vielleicht hatte er versehentlich eine falsche Nummer aufgeschrieben. Oder absichtlich. Vielleicht hatte er früher dort gewohnt, war umgezogen, wohnte irgendwo anders, bei einer Freundin, bei Maj vielleicht. Vielleicht verpraßten sie zusammen ihre fünfundzwanzigtausend Gulden. In Paris.

Einen Moment lang verspürte sie eine eigenartige Erleichterung, als hätte sie beide Flüchtigen ausfindig gemacht und wüßte sie an einem sicheren Ort. Zufriedenheit. Gut gemacht. Überhaupt nichts hatte sie gemacht, außer Dummheiten. Einem wildfremden Jungen ein Vermögen gegeben. Eine Tochter abhauen lassen. Einem Mann Anlaß gegeben, sie zu verachten. Die Jeneverflasche gehörte in den Kühlschrank. Die Türen mußten zugesperrt werden, aber ohne die Kette vorzulegen, er konnte ja noch kommen. Das Licht über dem Herd mußte anbleiben. Und jetzt die Treppe hinauf, mit der Hand am Geländer.

Sie zögerte, ob sie noch duschen sollte, sie sehnte sich nach der Wärme, scheute aber das Plätschern und Rauschen, in dem alle anderen Geräusche ertrinken würden. Sie wusch sich am Waschbecken, bürstete sich die Haare und putzte die Zähne. Sie sah sich nicht im Spiegel an und schlüpfte im dunklen Schlafzimmer zwischen die frischen Bettücher. Sie legte sich auf Nicos Seite, wo das Telefon stand.

Sie wurde wach und wußte nicht, wo sie war. Sie streckte die Hand nach Nico aus, faßte aber ins Leere. Da hörte das Bett auf. Da war kein Nico. Sie war allein. Sie setzte sich auf und zog die Knie an. Den Kopf auf die Arme gebettet, dachte sie nach. Das Handy, er hatte sein Handy bei sich.

Blöd, daß sie daran nicht gleich gedacht hatte. Nackt lief sie nach unten, um ihren Terminkalender aus der Tasche zu holen; oben setzte sie sich wieder ins Bett und schlug die Nummer nach. Präzise tippte sie die lange Zahlenreihe ein. Nach dreimaligem Läuten brach das Rufzeichen ab. Sie hielt den Atem an.

– Der Teilnehmer ist momentan nicht erreichbar. Versuchen Sie es später noch einmal, sagte eine metallische Stimme.

Vorsichtig legte sie den Hörer auf. Sie knipste die Lampe aus und zog sich das Bettuch übers Gesicht. Es mußte jetzt einfach bald Tag werden.

Alles schien wie an einem ganz normalen Freitagmorgen zu sein, als sie in der Küche saß. Sie brauchte nicht zur Schule, die Uhr spielte keine Rolle. Am Himmel hing eine schwere Wolkendecke, aber es regnete nicht. Der Rasen lag noch genauso da wie am Vortag, der Maulwurf hatte sich über Nacht ruhig verhalten. Sie erwog, im Garten zu arbeiten, hatte aber eigentlich keine Lust dazu. Besser, sie ging weg und kam aufs neue nach Hause, als daß sie hierblieb und wartete. Sie würde radfahren, beschloß sie. Aber zuerst etwas essen und Kaffee trinken und überall die Vorhänge aufziehen.

Das Telefon läutete, als sie in Nicos Arbeitszimmer die Jalousie hochzog. Sie setzte sich auf seinen Schreibtischstuhl und nahm den Hörer ab.

– Loes, hier Albert. Entschuldige, daß ich dich so früh

schon störe, aber ich würde Nico gern kurz sprechen. Im Krankenhaus sagte man, er sei noch nicht da, und deshalb dachte ich: Ich versuch's mal zu Hause. Oder ist er unterwegs?

Unterwegs, dachte sie, unterwegs. Ja, so wird es sein. Ich muß etwas sagen, meine Kehle ist zugeschnürt.

– Hallo! Loes? Bist du noch dran?

Sie hustete, räusperte sich und schluckte. Die Worte blieben aus. Komisch, für den anderen war ihr Schweigen eine Einladung, etwas von sich zu geben. Was für eine tadellose Stimme, die Irritation war kaum zu bemerken.

– Wart ihr sehr erschrocken über die gestrigen Vorfälle? Du verstehst doch, daß ich mit Nico sprechen muß, ich fürchte, daß es ein mehr oder weniger offizielles Gespräch sein wird, ich rufe von Amts wegen an. Kannst du ihn bitte kurz rufen?

Sie stellte sich hin, es war völlig unsinnig, aber sie stand. Wollte sie den Kopf zur Tür hinausstrecken und Nicos Namen in den Flur rufen?

– Er ist nicht da, Albert.

Zu ihrer Verblüffung hörte sich ihre Stimme kühl und sachlich an.

– Er ist die ganze Nacht nicht zu Hause gewesen. Ich weiß nicht, wo er ist. Über sein Handy ist er nicht erreichbar. Ich weiß übrigens auch nicht, was gestern passiert ist. Ich weiß nicht, worüber ich erschrocken sein müßte.

– Ich komme zu dir, sagte Albert. Bleib, wo du bist, ich bin in einer halben Stunde bei dir.

Sie hörte das Klicken, als die Verbindung unterbrochen

wurde, blieb aber mit dem Hörer in der Hand stehen. Auf dem Schreibtisch lagen ungeordnete Stapel Zeitschriften, Aufzeichnungen, Berichte. Ein Meer von Papier, und sie stand am Strand. Wenn sie nicht ganz schnell wegging, würde sie im Treibsand versinken.

Sie empfing ihn im Wohnzimmer, sie setzten sich aufs Sofa, schräg einander zugedreht. Sie schwieg.

Albert nahm seine Brille ab und putzte die Gläser mit einem Taschentuch. Sie wartete. Er setzte die Brille wieder auf, schaute nach draußen und hustete kurz hinter vorgehaltener Hand. Dann sah er sie an.

– Du kannst dir gar nicht vorstellen, wie unangenehm mir das ist, Loes. Ich hätte hier gern unter ganz anderen Umständen gesessen. Aber es ist nun mal so, wie es ist. Ich werde ganz offen sein, das ist das beste.

Sie schlug die Beine übereinander und wandte ihm das Gesicht zu. Trotz des ominösen Rahmens für das Gespräch fand sie es angenehm, nicht allein zu sein, angenehm, zuzuhören und sich seinen Gesichtsausdruck anzusehen.

– Du weißt, daß ich mich neulich mit dir über deinen Mann unterhalten wollte, weil ich mir Sorgen machte. Ich konnte damals nicht explizit sein, aber jetzt ist eine Notsituation eingetreten, angesichts deren ich mich von meiner Schweigepflicht entbunden sehe. Priorität hat für uns, daß wir Nico finden.

Sie nickte. Seine feierliche Ausdrucksweise half ihr, die

vertraute Beobachtungshaltung einzunehmen. Sie würde registrieren, welche Dinge er nannte und wie sich diese zueinander verhielten. Die Substantive, die Verben. Die Färbung der Adjektive. Sie richtete sich auf.

– Ich muß dir erst einmal ein paar Sachen sagen, so unangenehm das auch ist. Es ist ganz offensichtlich, daß Nico unter großer nervlicher Anspannung steht, er ist nicht mehr er selbst. Es hat einen mißlichen Konflikt mit dem Betriebsrat gegeben, wegen seiner Politik und vor allem wegen des Tempos, mit dem er zu Werke ging. Das liegt zwar in der Natur der Sache und ist an sich noch nicht besorgniserregend, aber gestern ist es zu einer Eskalation gekommen. Es hat eine Schlägerei gegeben; Nico hat Jaap Molkenboer niedergeschlagen. Molkenboer ist mit gebrochener Nase und diversen Prellungen ins Krankenhaus eingeliefert worden. Er hat Anzeige erstattet. Die Polizei sucht Nico wegen Körperverletzung. Es tut mir leid, Loes.

Er berührte sie kurz am Handgelenk. Sie sah, wie seine Hand auf ihrem Arm lag. Weiße Finger auf gebräunter Haut. Molkenboer mochte sie nicht, sie fand ihn scheinheilig und hinterlistig. Es überraschte sie ganz und gar nicht, daß Nico ihn zusammengeschlagen hatte. Verurteilte sie das? Das stand jetzt nicht zur Debatte, sie mußte zuhören.

– Hinzu kommt noch das Problem mit dem Feuer. Die Sicherheitsmaßnahmen waren völlig unzureichend. Die Alarmanlage funktionierte nicht, und es war keine Sprinkleranlage installiert, weil das Gebäude abgerissen werden sollte. Außerdem hatte das Personal Räume, in denen Patienten schliefen, vorschriftswidrig von außen abgeschlossen. Du weißt, daß infolgedessen ein Patient ums Leben gekommen ist. Nico hat da natürlich nicht überall die Hand im Spiel gehabt, aber als Direktor ist er offiziell verantwortlich. Die Feuerwehr hat das Gelände für weitere Untersuchungen vorläufig abgesperrt und will Nico dazu hören. Nico hat sich dem entzogen, und das schadet dem Krankenhaus. Ich habe mich gestern zu einer Eilsitzung mit den anderen Ratskollegen zusammengefunden, und wir haben leider beschließen müssen, Nico mit sofortiger Wirkung zu suspendieren.

Sie blickte zu Boden. Er hatte kleine Füße, das war ihr nie so aufgefallen. Tadellos geputzte Schuhe, das schon. Aber kindlich klein. Sie mußte aufnehmen, was er sagte, sie durfte sich nicht ablenken lassen. Suspendiert. Kleine Füße, große Worte. Enttäuschung empfand sie und Verärgerung. Was faselte er denn da von Vorschriften, Sicherheitserfordernissen, Verantwortung? Als könnte Nico etwas dafür, daß die Pavillons in sich zusammenfielen, daß sich die vorgeschriebenen Maßnahmen nicht mit den realen Verhältnissen vereinbaren ließen, daß der Betriebsrat mit rachsüchtigen Quertreibern bevölkert war. Er hatte sich eingesetzt, er hatte sich bis zum äußersten angestrengt. Es mußte immer einen geben, der eine Vision hatte, einen, der die Zügel in der Hand hielt und die Richtung angab. Das war Nico. Die anderen hängten sich hintendran und bremsten ihn. Sie schmunzelte unwillkürlich, als sie sich Nico vorstellte, mit seiner komischen Radlerkappe, wie er einen Karren voll bleischwerer Therapeuten zog.

– Ich fürchte, da gibt es nichts zu lachen, sagte Albert.

Sie erstarrte. Er war ein Mühlstein um Nicos Hals. Er war parteiisch. Er verließ sich auf das, was andere ihm erzählten, und hielt das unbesehen für wahr. Ihr stieg das Blut in die Wangen, und sie holte tief Luft und öffnete den Mund. Nein, ruhig jetzt, kein Aufhebens, keine Absicht.

– Ist es nicht merkwürdig, daß ihr die Suspendierung beschließt, ehe du mit Nico gesprochen hast?

Ich bin doch nicht blöd, dachte sie. Ich habe in der Schule genügend Streitigkeiten und Konflikte mitgemacht; ich erkenne eine Paniklösung, wenn ich sie sehe. Was für ein feiges Spiel, sich einen Sündenbock zu suchen, bevor man eine gründliche Untersuchung angestellt hat, einen Protagonisten zu opfern, um den Chor zu beruhigen.

– Wenn du findest, daß er nervlich überlastet ist, wäre es doch naheliegender, ihn krank schreiben zu lassen, oder?

Unerträglich, daß sie ihren Kommentar in Frageform abgab. Sie mußte behaupten, feststellen, befehlen. Mit Ausrufungszeichen. Nimm die Suspendierung zurück! Hör meinen Mann an! Besinn dich auf deine eigene Verantwortung!

Albert war still. Er beugte sich vor und stützte den Kopf in die Hände. Sie konnte sein Gesicht nicht sehen. Mit einemmal verließ sie die Kampflust, und heftige Zweifel und Beunruhigung erfaßten sie.

– Da ist noch etwas, sagte Albert. Es fällt mir furchtbar

schwer, aber ich muß das mit dir besprechen. Da ist noch etwas.

– Ja?

– Ich habe heute morgen mit Alice telefoniert, der Chefsekretärin …

Die ständig aufräumt, dachte sie, von der Firma Zwanghaft & Co. Jetzt wird er mir gleich sagen, daß sie ihn wegen sexueller Belästigung angezeigt hat. Sie schnaubte.

– Sie sagte, daß Nico gestern, nach dem unseligen Vorfall mit Molkenboer, weggefahren ist. Er war nicht allein.

Sie sah ihn fragend an, mit erhobenem Kopf.

– Er hatte ein junges Mädchen bei sich, im Wagen. Sie fuhren zusammen weg.

Maj, dachte sie. Er hat sich mit Maj ausgesöhnt. Er hat sie gesucht, gefunden, mitgenommen. Nachher kommen sie zusammen nach Hause, und alles ist wieder gut. Sie mußte sich beherrschen, um nicht aufzuspringen und durchs Zimmer zu laufen. Jetzt kann er aber Leine ziehen, er hat genug gesagt. Maj!

Aber Albert redete weiter.

– Eine Angestellte, sagte er. Eine junge Frau, die in der Abteilung arbeitet, in der es gebrannt hat. Eine vielversprechende, begabte Praktikantin. Es gibt Gerüchte, leider, daß Nico und sie in letzter Zeit – na ja, aus verläßlicher Quelle habe ich erfahren müssen, daß sie – ein Verhältnis, daß sie ein Verhältnis haben. Es tut mir leid, mehr als ich dir sagen kann, für dich, aber auch für Nico, ich hätte das nie von ihm gedacht. Selbstverständlich möchte ich mir erst *seine* Darstellung der Geschichte anhören. Aber ich fürchte, wir dürfen uns da nichts vormachen. Sie ist heute morgen auch nicht zur Arbeit erschienen, also es sieht danach aus, daß sie zusammen weg sind.

Albert schwieg unbehaglich. Beim Reden hatte er vor sich ins Leere gestarrt, jetzt wandte er sich ihr zu und sah sie an.

– Wußtest du davon? Oder kommt das für dich völlig überraschend? Scheußlich, daß wir nun so darüber reden müssen. Ich bin ehrlich gesagt ziemlich geschockt. Das geht natürlich nicht, eine sexuelle Beziehung zwischen dem Direktor und einer Angestellten, das ist ethisch völlig unmöglich. Eigentlich müssen wir ihn entlassen, wenn wir auch nicht vorgreifen sollten. Hast du so etwas erwartet, verstehst du das?

Die Turnschuhe, das zwanghafte Radfahren, die Energie, das Abnehmen, die viel zu jugendliche Kappe. Die langen Arbeitstage, das Desinteresse daran, was *sie* eigentlich machte. Ja, natürlich hätte sie es wissen müssen. Es war ihre eigene Schuld, sie hatte kein Interesse mehr an ihm gezeigt, wollte nie mit ihm irgendwohin und war immer trübselig. Nicht amüsant genug. Eine Praktikantin. Eine vielversprechende Praktikantin. Sie zweifelte nicht einen Moment daran, daß es stimmte. Es stimmte, es erklärte alles, wenn sie aufmerksamer gewesen wäre, hätte sie es wissen können.

Sie lehnte den Kopf gegen das Polster zurück. Ihre Hände ruhten schlapp neben ihren Schenkeln. Ganz ruhig begann sie zu weinen, mit geschlossenen Augen.

Einige Augenblicke verstrichen. Albert tastete in seine

Hosentasche, räusperte sich und reichte ihr ein zusammengefaltetes Taschentuch, das sie an die Augen drückte. Es war noch warm. Ihr Weinen wurde heftiger, sie schluchzte laut auf neben dem schweigenden Mann, der ihr im stillen seine Körperwärme mitgeteilt hatte. Die Temperatur seiner Oberschenkel vermochte, was seine Worte nicht konnten.

Sie schneuzte sich die Nase und begann zu reden, ohne Richtung und ohne Plan. In dicht aneinandergereihten, mühelos ins Zimmer rollenden Sätzen beschrieb sie, wie das vergangene halbe Jahr gewesen war, wie Nico seine Ohnmacht damit bekämpft hatte, daß er sich in seine Arbeit vergraben hatte, wie sie sich mit der Sisyphusaufgabe der Gartenanlage betäubt hatte. Und was davor geschehen war: die nächtlichen Schularbeitssitzungen, die Erwartungen, die Ermahnungen, die in Schimpftiraden ausarteten, das näherrückende Abitur, das bei Nico extreme Ungeduld auslöste, bei ihr Schicksalsergebenheit und beim Kind Todesangst. Die kleine Sporttasche, die verschwunden gewesen war, als sie eines Abends aus dem Kino zurückgekommen waren. Das leere Zimmer mit dem ordentlich gemachten schmalen Bett. Der verlassene Schreibtisch mit den Büchern und Heften in säuberlichen Stapeln.

– Es hat natürlich schon von Anfang an nicht gestimmt. Sie war unnahbar. Möchtest du Hockey spielen, fragte ich, oder Volleyball, oder möchtest du zum Jazztanz? Dann nickte sie und zog mit dem Hockeyschläger am Rad zum Sportplatz. Wenn wir fragten, ob sie mit dem Hockey aufhören wolle, nickte sie auch und blieb zu Hause. Sie machte, was wir von ihr erwarteten. Bis es nicht mehr ging.

Warum wir keine Hilfe gesucht haben? Weil Nicos Meinung nach nichts war. Ich habe Molkenboer gegenüber einmal etwas gesagt, bei einem dieser Managementdiners. Das hätte ich niemals tun dürfen; ich hatte zuviel getrunken. Er lachte mich aus, konnte gar nichts Unnormales daran erkennen und riet mir, selbst in Therapie zu gehen. Dazu fehlte mir aber auch der Mut.

– Ich verstehe das nicht, sagte Albert. Nico ist doch selbst Psychiater, er muß doch gesehen haben, daß man das hätte behandeln müssen?

– Wenn da etwas zu behandeln gewesen wäre, hätte er versagt, entgegnete sie höhnisch. Also sah er nichts. Er konnte sie mit seinen Methoden nicht formen, nicht verändern. Ihr steht das Scheitern auf der Stirn geschrieben. Ihr Leben ist eine einzige Anklage. Er erträgt es nicht, daß es sie gibt.

Sie preßte das Taschentuch an den Mund, als wollte sie die Vehemenz ihrer Stimme ersticken. Sie starrte nach draußen, wo die Wolkendecke aufzureißen begann und sich die Baumkronen unter dem aufkommenden Wind bogen. Nichts zu verlieren, dachte sie. Nichts. Ich kann alles sagen.

– Sie ist ein Adoptivkind. Wir konnten selbst keine Kinder bekommen.

Sie kicherte und zog kokett den Rock über ihre Knie.

– Möchtest du einen Kaffee, Albert? Ich hab ganz vergessen, dir etwas anzubieten.

Albert schüttelte den Kopf.

– Wie kam das? fragte er ernst.

Sie zog die Schultern hoch.

– Die Untersuchung, furchtbar. Ich dachte, es würde wohl an mir liegen, aber das stimmte nur zum Teil, wie sich herausstellte. Ein verklebter Eileiter wegen einer verschleppten Entzündung. Aber der andere war intakt. Ich tauge zur Hälfte.

Ihr entfuhr ein gekünsteltes, freudloses Lachen.

– Nico hat sich zur gleichen Zeit untersuchen lassen. Wir sind immer sehr für Gleichheit gewesen. Und was fand der Urologe? Unfruchtbaren Samen. Du *glaubst* es nicht! Wir glaubten es nicht. Aber es war so. Totes Sperma. Ohne erfindliche Ursache. Einfach tot anstatt lebendig. Wir brauchten uns nicht darüber zu streiten, wessen Schuld es war.

Daraufhin kriselte es zwischen uns. Er konnte sich nicht damit abfinden. Mein Gynäkologe schlug eine Insemination mit Fremdsamen vor, aber ich war mir sicher, daß Nico das nicht ertragen hätte. Daß Nico damit zufrieden gewesen wäre, wenn in unserem Haus ein Kindchen herumkrabbelte, das ich von einem anderen hatte, nein, das konnte ich mir einfach nicht vorstellen. Wir mußten gleich sein, gleichermaßen ohnmächtig, gleichermaßen hilflos. So kam es zur Adoption und zu Maj.

Albert erhob sich und trat ans Fenster, die Hände auf dem Rücken gefaltet.

– Davon habe ich nie etwas gewußt, sagte er leise.

Ihre Stimme klang genauso gedämpft.

– Es war kein Geheimnis. Jeder hätte es wissen können, keiner hat es gewußt. Und wenn man es gewußt hätte, hätte man trotzdem noch nichts gewußt. Wir haben natürlich mit Maj darüber gesprochen, wie es sich gehört. Sie schien das einfach zur Kenntnis zu nehmen, weil wir auch nicht mehr taten als das: zur Kenntnis geben! Bloß nicht anmerken lassen, daß man etwas dabei empfindet. Wir empfanden auch nichts. Eine perfekte, eisige kleine Familie. Du solltest jetzt lieber gehen, Albert. Geh, jetzt.

Linkisch verabschiedete er sich von ihr, zuerst im Wohnzimmer, hastig, sich entschuldigend, daß er nicht längst gegangen war, und dann noch einmal in der Diele, wo sie die Tür bereits geöffnet hatte und mit verschränkten Armen darauf wartete, daß er über die Schwelle schritt.

– Ich setze mich mit dir in Verbindung, sobald ich etwas weiß, sagte er.

Zehn Zentimeter hinter seinem gestrafften Rücken knallte die Tür ins Schloß.

Das Taschentuch hatte sie immer noch in der Hand, zu einem Ball zusammengeknüllt. Sie sah ihn die Einfahrt hinuntertrotten und dachte: Das Fest ist aus. Die Erinnerung an einen Geburtstag Majs übermannte sie – wie alt war sie da geworden, fünf, sechs? Sie hatten Girlanden aufgehängt, ihren Stuhl geschmückt, eine Torte gebacken, Kerzen angezündet. Sie hatte ein festliches Essen gekocht, und sie hatten gesungen. Als sie das Kind ins Bett gebracht hatten, hatte es gefragt: Und wann fängt das Fest an? Da hatte sie plötzlich gewußt, daß sie, Nico und Maj ungeübte Schlittschuhläufer auf glattem Eis waren, die ständig balancieren mußten, um nur ja nicht zu fallen, aber davor zurückschreckten, sich aneinander festzuhalten. Es gab kein Fest, sie taten nur so, als ob.

Sie wollte gerade aus dem Haus gehen, als das Telefon läutete.

– Loes van der Doelen.

Sie hörte Stille, durchsetzt mit einem leichten Krachen, ein Firmament mit kleinen Geräuschen hier und da.

– Hallo? rief sie laut und stampfte ungeduldig mit ihren Wanderschuhen auf.

– Loes? Ich bin's.

– Oh.

– Hörst du mich? Es kracht so!

– Ich höre dich.

Aber werde ich auch zuhören? dachte sie. Sie hatte die Wahl: Entweder würde sie die Knie beugen, einen Stuhl heranziehen und sich zitternd setzen, oder sie würde sich breitbeinig hinstellen, sich aufrichten und die zugeknöpfte Jacke wie eine feste Rüstung um sich fühlen. Es war, als beobachtete sie sich selbst, gespannt, wie sich diese Frau in Wanderkluft verhalten würde.

– Es ist was passiert. Ich bin in Belgien. Heute nacht losgefahren, weiß nicht, wo ich bin. Es tut mir so leid, ich wollte das nicht, es ist einfach passiert.

Sie schwieg, aufrecht, die Hand, in der sie den Hörer

hielt, mit dem anderen Arm abstützend, die Beine gegrätscht.

– Ich bin mit einer Frau weggefahren. Einfach so, gestern, weil mir alles zuviel wurde. Es tut mir leid. Es hat nichts zu bedeuten, das weißt du doch?

– Du wirst von der Polizei gesucht, sagte sie unvermittelt. Und von der Feuerwehr. Und von Albert Tordoir. Du bist suspendiert.

– Was sagst du? Ich verstehe dich nicht!

– Die Polizei will dich verhören. Du bist suspendiert. In den einstweiligen Ruhestand versetzt.

Sie hörte ihn schreien, verstand aber nicht, was er sagte. Im Hörer rauschte es, als brauste da ein Bach. Zwischendrin trieben Wortfetzen an die Oberfläche.

– ... nicht das schlimmste ... Sie hat ... Maj ... eine Tochter ... vergeben ... die Brücke bei Willebroek ... leid ...

Sie unterbrach die Verbindung, stemmte die Hände in die Seiten und blickte abwartend auf den Apparat.

Als es wieder läutete, nahm sie sofort ab.

– Wir haben nicht darüber trauern können, daß sie weggegangen ist, weil wir nie unseren Kummer über ihr Kommen zulassen konnten. Ich habe alles völlig falsch gemacht. Es war nicht fair, ihr gegenüber nicht und dir gegenüber nicht. Ich möchte noch einmal von vorn anfangen. Meine Stellung ist mir egal, es geht mir um dich. Um uns.

Sie wußte nicht, ob sie seine Worte richtig verstand, denn der Ton wurde immer schwächer, und das Rauschen setzte wieder ein.

– Ich will dich zurück, Loes. Ich möchte, daß wir richtig

miteinander reden, wie früher. Ich glaube, mein Akku ist leer. Loes? Loes?

Es wurde still, eine tote Stille, ohne Störungen oder Hintergrundgeräusche. Es gab keine Verbindung mehr.

Sie zog ihre Jacke aus und stellte die Schuhe in die Diele. Mit bleiernen Beinen schleppte sie sich nach oben, wo sie ohne Zögern die Tür zu Majs Zimmer aufstieß. Die Mittagssonne fiel auf das Bett, über dem die glattgezogene blasse Tagesdecke lag. Sie schloß die Tür, machte das Fenster einen Spaltbreit auf und ließ sich auf das Bett fallen. Sie fischte das Kissen unter der Tagesdecke hervor und schob es sich doppelt zusammengelegt unter den Kopf. Nachdenken. Untersuchen, wie sie eigentlich darüber dachte. Ihren Standpunkt bestimmen. Sie schlief ein.

Vage, weit entfernt hörte sie das Telefon läuten. An Aufstehen dachte sie nicht. Das Geräusch brach ab und setzte unmittelbar darauf wieder ein. Es kümmerte sie nicht. Solange sie in diesem Zimmer war, hatte sie mit dem Rest des Hauses nichts zu tun. Er hatte bestimmt seinen Akku aufgeladen und wollte jetzt sein Plänebombardement fortsetzen. Bestimmt mußte sich jetzt wieder alles ändern. Sie schloß die Augen und versuchte das Geräusch zu ignorieren. Sie stellte sich Nico vor, irgendwo in der flämischen Provinz umherirrend, zwischen verfallenen Autowerkstätten und Imbißbuden. Sie müßte wütend sein, weil er sie betrogen hatte. Sie müßte sich ausrangiert und verstoßen fühlen, einer jüngeren Frau wegen beiseite geschoben. Aber sie empfand nichts als tiefe Müdigkeit. Sie müßte sich freuen, daß er sich endlich ein wenig öffnete, um zu reden, daß er bekümmert sein konnte über seine Tochter und ihr das sagen wollte. Aber sie empfand eine seltsame Gleichgültigkeit. Daß sie Wessel ein Vermögen gegeben hatte, war das einzige, worüber sie sich wirklich ärgern konnte. Trotz des fanatischen Läutens mußte sie wieder eingeschlafen sein, denn als sie wach wurde, war es schon fast dunkel. Der Wind hatte sich gelegt, die Wolken hatten sich zusammengeschlossen, und es regnete sacht. Das Telefon schwieg.

Sie lag da und blickte auf das weiße Rechteck der Decke, makellos, vollkommen. Ich gehe weg von hier, dachte sie, weg aus diesem Haus, aus diesem Garten, weg von diesen schrecklichen Dünen, von diesem elenden Meer. Von vorne anfangen, hatte er gesagt. In ihrem Kopf war eine leere, hellgraue Ruhe, in der kleine Fragesätze umherwirbelten. Allein? Andere Anstellung? Mit Nico? Antworten kamen ihr nicht.

Bald konnte er vor der Tür stehen, es waren nur ein paar Stunden Fahrt. Dann mußte sie es wissen. Er würde klingeln, weil nicht klar war, ob er hereindurfte. Das mußte sie sagen. Ihre Worte wogen am schwersten, sie konnte die Waagschale zu ihrer Seite hin absinken lassen. Später, Jahre später vielleicht, würde die Rechnung folgen, und das Gleichgewicht würde wieder kippen. So ging das, zwischen Mann und Frau.

Das Telefon fing erneut an zu läuten. Langsam richtete sie sich auf und setzte sich auf die Bettkante. Wenn es mal ohne Waagschale ginge, wenn er gleich hereinkommen und sagen würde: Wir hören auf damit, wir vergleichen nicht mehr, rechnen nicht mehr gegeneinander auf. Wenn die Soll- und Haben-Verzeichnisse ins Feuer könnten, dann würde es möglich sein, wieder zusammenzusein. Vielleicht. Sie mußten aufhören, die Radtouren mit der Gartenwut aufzuwiegen, die Praktikantin mit dem Gärtner. Wenn sie sich nicht mehr gegenseitig zurechtzubiegen und neu zu entwerfen bräuchten, könnten sie auch geschehen lassen, was geschah, ohne Vertuschung, ohne Verdrehung.

Sie stand auf und ging aus dem Zimmer. Die Tür ließ sie offen.

Sie bewegte sich, als wäre sie mehrere Kilo leichter geworden, schnell und geschmeidig rannte sie im Obergeschoß umher. Wenn jetzt das Telefon läuten würde, würde sie den Hörer abnehmen, doch es blieb still im Haus. Sie hatte sich das dritte Zimmer wie selbstverständlich angeeignet und begann nun energisch, Majs verhaßte Schulbücher in Kartons zu packen, das Bett abzuziehen, das Spielzeug wegzuräumen. Wenn ihre Tochter je zurückkam, mußte sie so sein können, wie sie war. Mit Eltern, die nichts anderes waren als sie selbst. Die Hockeykleidung und die Ballettsachen stopfte sie in einen Müllsack. Da klingelte es an der Haustür.

Sie ließ mit den Fersen einen extra Trommelwirbel auf den breiten Treppenstufen ertönen, als sie nach unten stürmte. Jetzt!

Vor der Haustür stand ein Polizist, der auf ihre bloßen Füße sah. Langsam hob er den Kopf. Es war ein Farbiger mittleren Alters, und er trug eine Brille mit Goldgestell. Als er die Mütze vom Kopf nahm, um sie sich unter den Arm zu klemmen, sah sie einen Kranz grauweißen Kraushaars.

– Frau van der Doelen?

Sie starrte ihn nur entgeistert an, ohne zu reagieren.

– Mein Name ist Hendrik Lantzaad. Polizeiwachtmeister Lantzaad. Darf ich kurz hereinkommen? Ich habe Ihnen etwas mitzuteilen.

Nico. Das Verhör. Sie ließ den Türknopf los und trat einen Schritt beiseite.

– Mein Mann ist noch nicht da.

– Ich weiß.

Er trat an ihr vorbei in die Diele.

– Können wir uns irgendwo setzen? sagte er über seine Schulter. Sie können die Tür ruhig zumachen.

Sie ging ihm voran in die Küche und deutete auf Nicos Stuhl. Er legte seine Mütze auf den Tisch und wartete, bis sie sich gesetzt hatte. Dann zog er sich den Stuhl heran und rückte nahe an den Tischrand. Er legte die Unterarme auf den Tisch und beugte sich leicht zu ihr vor.

– Ich habe eine schlechte Nachricht für Sie. Ihr Mann hatte einen Autounfall.

Er wartete einen Moment, ehe er fortfuhr.

– Ihr Mann ist leider tödlich verunglückt.

Erst jetzt sah sie, daß der Mann einen Ausweis in der Hand hielt. Durch die Plastikhülle sah sie den dunklen Kopf mit dem Löckchenkranz in Verkleinerung.

– Frau van der Doelen?

Sie sah ihn an.

– Ich möchte Ihnen als erstes mein aufrichtiges Beileid aussprechen.

Der Klang seiner singenden Stimme kam von sehr weit her. Und doch war er so nahe, daß sie mühelos seine graubraunen Hände hätte berühren können.

– Sie wissen, daß Ihr Mann in Belgien war?

Sie nickte.

– Er ist von der Straße abgekommen, gegen einen Baum geprallt und dann ins Wasser gestürzt. In den Kanal von Willebroek. Wir warten noch auf den Bericht der belgischen Kollegen. Es ist um die Mittagszeit passiert. Über den genauen Hergang ist noch nicht viel bekannt. Es wird natürlich eine Untersuchung geben. Ich kann Ihnen aber schon sagen, daß zu dem Zeitpunkt kein Gegenverkehr auf der Straße war, und vermutlich ist Ihr Mann auch nicht zu schnell gefahren. Es sind noch viele Fragen offen.

Wieder schwieg sie. Geraume Zeit blieb es still.

Dann erhob er sich und nahm ein Glas von der Spüle, das er sorgfältig ausspülte und mit kaltem Wasser vollaufen ließ. Er hielt ihr das Glas hin; sie mußte sich zusammenreißen, um nicht den Mund darauf zuzubewegen und sich wie ein kleines Kind zu trinken geben zu lassen. Sie hob den Arm und schloß die Hand um das Glas. Sie trank.

– Kann ich irgend jemanden für Sie anrufen? Möchten Sie irgendwohin? Angehörige? Eine Freundin? Kinder?

Sie schüttelte den Kopf.

– Ich werde Sie über den Stand der Dinge auf dem laufenden halten. Es wird ein, zwei Tage dauern, bevor ich Sie zu uns bitte, um die Formalitäten zu erledigen. Die Identifizierung. Die Übergabe der persönlichen Habseligkeiten. Aber morgen würde ich mich gerne noch einmal mit Ihnen unterhalten. Ist das in Ordnung?

Sie nickte.

– Man sollte nach einer so schlimmen Nachricht besser nicht allein sein, meine ich. Aber jeder Mensch ist anders. Wenn es Ihnen so am liebsten ist, lasse ich Sie jetzt allein. Sind Sie sich auch ganz sicher? Ich bleibe gern noch kurz bei Ihnen. Ich schreibe Ihnen meine Telefonnummer auf, dann können Sie mich jederzeit erreichen.

Er zog einen Stift aus seiner Brusttasche und schrieb eine Zahlenreihe auf ein Kärtchen, das er danach vor sie hinlegte. Dann gab er ihr die Hand und zog leise die Tür hinter sich zu.

Der Friedhof lag inmitten einer sanft gewellten Dünenlandschaft. Sie bestand darauf, daß der Wagen nur bis ans Tor fuhr und sie den langen, gewundenen Weg zur Kapelle auf der Dünenspitze Schritt für Schritt allein zurücklegen würde. Lieber wäre sie über einen Grasdeich gelaufen, in Gummistiefeln, gegen den Wind an, der ihr Tränen in die Augenwinkel blasen würde. Aber unter den Kiefern war es windstill, und sie trug schwarze Pumps mit Absätzen, die stets etwas zu tief in den Sand einsanken.

Sie ging zwischen Albert und Ineke, auf dem schmalen Pfad war gerade genug Platz für drei. Ineke hatte sich bei ihr eingehakt. Ihre beiden Begleiter redeten leise miteinander und hielten sie mit ihren Worten umfangen.

– Sieh mal, wie viele gekommen sind, sagte Albert. Da ist Hein Bruggink. Und Molkenboer, gerade rechtzeitig aus dem Krankenhaus entlassen.

– Hast du ein Taschentuch? fragte Ineke. Wir sitzen neben dir. Du brauchst gar nichts zu tun. Albert sorgt für alles, nicht, Albert?

Eine lange Prozession schwarzgekleideter Menschen kroch auf das weiße Gebäude zu. Als sie eintrat, schnellten zwei kerzengerade junge Männer herbei und führten sie und ihre Gesellschaft in den Saal. Die Stühle waren schon zu drei Vierteln besetzt, und zu den Seiten standen die Leute in mehreren Reihen. Vorn war ein Marmorpodium. Darauf stand ein Sarg.

Langsam gingen sie nach vorn, zwischen Menschen hindurch, die respektvoll auseinanderwichen und sich ihr zuwandten. Jaap Molkenboer hatte ein blaues Auge. Seine Nase war in eine auffällige Gipskonstruktion verpackt, die an seiner Stirn befestigt war. Hein und Aleid Bruggink schlossen sich ihnen an und gingen mit zur vordersten Reihe. Alle blieben stehen, bis jedermann drinnen war und die Türen geschlossen wurden.

Ansprachen. Über Arbeitsfreude, Improvisationstalent, Engagement. Alice, die Sekretärin, trug ein Gedicht vor. Ihre Hände bebten.

Hein sprach beherrscht und gemessen über seinen Nachfolger, das Gesicht starr vor verhaltener Trauer. Jemand vom Betriebsrat sprach im Namen Molkenboers, der noch nicht sprechen konnte. Ein junges Mädchen von der Patientenschaft erzählte flüsternd eine Anekdote.

Sie sind bewegt, dachte sie. Sie sind erschrocken, daß der Tod so nahe ist. Daß keiner ihm entgeht. Auf einmal haben sie ihre Wut und ihren Unmut vergessen und stehen an Nicos Seite, als hätte es keinen Streit gegeben. Das Bedürfnis nach Versöhnung hängt wie eine erstickende Wolke über ihren Köpfen und verhüllt allen Ärger und alle Vorwürfe. Ihre Fähigkeit zu vergeben macht sie mächtig. Ich vergebe nicht. Ich hoffe, daß diese junge Praktikantin nicht da ist, daß ich sie nicht zu sehen brauche. Ich hasse ihn, und ich liebe ihn, aber sie können das nicht. Sie können nicht machtlos sein, sie müssen sogar noch den Tod in ihre Erklärungen und Strategien einbauen. Sie haben ein so großes Bedürfnis nach einer Geschichte, daß sie es nicht beim Inhalt einzelner Worte belassen können. Da muß ein Zusammenhang her. Ich bin Scherben. Ich bin Splitter.

Ein Mann mit kahlgeschorenem Kopf und dicken Armen stieg auf das Podium.

– Erik Gerrits, flüsterte Ineke, der Pfleger aus dem abgebrannten Pavillon.

Erik winkte zu den Seiten des Saals hinüber, von wo aus sich Dutzende von Menschen nach vorn bewegten. Sie scharten sich in Reihen auf dem Podest, um den Sarg herum, und blickten ernst geradeaus. Ein Mann mit lockigem Haar, der einen schwarzen Rollkragenpullover trug, stellte sich vor die Gesellschaft und summte einen Ton.

Dann hob er die Hände, und es erklang ein Lied. Zwei

Melodien wanden sich umeinander, wichen auseinander, kamen wieder zusammen, hielten sich im Gleichgewicht.

... Freud und Leid ..., verstand sie. ... Für immer der meine sein, adieu, ich sag adieu ... wir müssen scheiden ...

Die Sänger waren nachlässig gekleidet. Manche hielten sich an den Händen, manche weinten hemmungslos, andere blickten verlegen und wagten kaum die Lippen zu bewegen. Patienten, dachte sie, der Patientenchor. Die sind auch verwirrt, genau wie ich, genau wie er. Sie nehmen Abschied. Sie sind bekümmert. Sie sind ohnmächtig, sie haben nur ihr Lied.

Albert dankte den Anwesenden in ihrem Namen. Sechs Männer, darunter Erik, trugen den Sarg in einer langsamen Prozession den Sandweg entlang. Sie hörte die dumpfen Schritte der Menge hinter sich. Auf einem Kiefernwipfel sang eine Amsel. Niemand sprach.

Die Träger bogen vom Weg ab und gingen über den bemoosten Boden zum offenen Grab. Es lag inmitten einer freien Fläche auf dem Dünenhang, in der Sonne. Sie drückte die Absätze tief in das Moos und sah, wie die Männer den Sarg in die Erde hinabließen. In den Sandboden. Die Menschen standen im Halbkreis um das Grab, mit gesenktem Kopf. Albert sprach ein letztes Wort. Dann war es still.

Ineke nahm sie sanft beim Arm und ließ sie eine Vierteldrehung machen. Sie zog ihre Absätze aus dem Boden. Neben dem Grab lag ein Berg Sand, in dem eine silberne Schaufel steckte.

– Du mußt den Anfang machen, Loes.

Sie ließ den Blick über die Köpfe wandern und sah in der hintersten Reihe das freundliche Gesicht von Polizeiwachtmeister Lantzaad. Die Mütze hielt er vor der Brust. Sie kniete sich hin. Durch den Wald aus schwarzen Beinen hindurch konnte sie den Dünenhang hinabblicken. Dort unten lehnte ein junges Mädchen in fahlgrauem Pullover und mit kurzem rotem Haar an einem Baum. Ihr erhobenes weißes Gesicht war andächtig dem Grab zugewandt.

Sie ignorierte die Schaufel und tauchte beide Hände tief in den Sand. Dann richtete sie sich auf. Ein Häuflein feuchter Sand lag in ihren Handflächen.

Sie löste sich von den Umstehenden, trat einen Schritt vor und ließ den Sand mit einem dumpfen Schlag auf den Sarg fallen.

ANNA ENQUIST IM LUCHTERHAND VERLAG

Die Verletzung

Erzählungen. 2001

Aus dem Niederländischen von Hanni Ehlers

»Sie räsoniert nicht, sie erzählt, schlicht und unprätentiös, in atmosphärisch überaus dichten, beinahe filmhaften Szenen ...« *(Badische Zeitung)* – was die Presse an Anna Enquists Romanen zu loben fand, gilt in verstärktem Maße für die in diesem Band versammelten Erzählungen. Behutsam entwirft sie Menschenschicksale, die in der Konfrontation mit einschneidenden Erlebnissen geprägt oder verändert werden. Es sind Geschichten, die im Innersten berühren.

Die Erbschaft des Herrn de Leon

Roman. 1997

Aus dem Niederländischen von Hanni Ehlers

Irgend etwas, spürt die Pianistin Wanda Wiericke, sitzt nicht an der richtigen Stelle in ihrem Leben. Als habe ihr geliebter Klavierlehrer Herr de Leon damals, als die deutschen Soldaten ihn abführten, ein Geheimnis mitgenommen oder vorher in seinem Musizieren versteckt oder einfach nur etwas zu zeigen oder zu sagen vergessen – aber was?

Das Meisterstück

Roman. 1995

Aus dem Niederländischen von Hanni Ehlers

»Anna Enquist erzählt von einer Familie, bei der es nicht nur moralisch um Kopf und Kragen geht. Sie kann Gefühl und genauen Blick fabelhaft kombinieren, und es gelingen ihr wunderbare Porträts und eine unheimliche Spannung.« *Het Parool*

»Anna Enquist … verwebt Realismus und Reflexion mit großer Virtuosität.« *Berliner Morgenpost*

Ein neuer Abschied

Gedichte. 1999

Aus dem Niederländischen von Gregor Seferens

Anna Enquist konzentriert sich auf das Thema Abschied. Gedichte mit Titeln wie *Weggehen*, *Erinnerungspflicht*, *Letzter Sommer mit den Kindern* machen die Allmacht des Vergänglichen deutlich und begehren doch dagegen auf. »Erfahrungen, die jeder kennt, in Worten, die noch niemand gefunden hat.« *Trouw*